AF492587

O. F. Schwarz

Stirb unter meinem Eichenblatt

Roman

Personen

Dieter Schelkens, **alias** Willy Hauptmann

Rajesh Nath, Kriminal-Hauptkommissar

Michael Severs, Kriminal-Hauptkommissar

Rosanne Pogert, Dieter Schelkens´ Ex-Gattin

Liane Pogert, Schelkens´ Tochter

Marla Röttger, Lianes beste Freundin

Güner Atasoy, türkischer Taxifahrer in Paderborn

Iljana Brezovic, Hausfrau

Klaus-Peter Riemann, Kaufmann

Lea Stenkovich und Minnie Fraudrich, Kirmes-Besucherkinder

Dr. Paul Träger, Innenminister

Lisbeth Holling, Studentin

Anne Wieling, Gymnasial-Professorin

Edith Burghahn, Pensionistin

Karl-Heinz Hillmann, Schulfreund Schelkens´

Guido Wertkins, Schaubuden-Betreiber

Peter Honbühel, Schüler

Herma und Axel Gelderman, Flohmarkt-Aussteller

Dr. Kaspar Eserth, Richter

Dr. Gert Lassinger, Staatsanwalt

Dr. Hermann Lungbarth, Gerichts-Psychologe

Der erste Eichenblatt-Mord

Güner Atasoy, vor neunzehn Jahren aus Ost-Anatolien nach Deutschland eingewanderter Schlossermeister, hatte sich sein Leben in der neuen Heimat wohl anders vorgestellt: niemand akzeptierte seine Herkunft, niemand gab ihm eine Chance, sich beruflich profilieren zu können und hätten ihm seine bereits vor Ort ansässigen Landsleute nicht kräftig unter die Arme gegriffen, Güner wäre hoch enttäuscht wieder in die Türkei zurückgekehrt! Knapp, bevor diese Entscheidung bei ihm gefallen war, engagierte ihn ein Taxi-Unternehmer als Chauffeur, allerdings unangemeldet, aber Güner hatte nun wenigstens ein regelmäßiges Einkommen! Durch das in dem Taxi eingebaute Navi-Gerät waren Ortskenntnisse nicht unbedingt gefragt, für den Unternehmer war viel wichtiger, einen billigen und willigen Fahrer zu beschäftigen!

Durch besondere Beziehungen seines Chefs schaffte Güner es dann doch, als deutscher Staatsbürger anerkannt zu werden. Kurz danach kündigte er seinen Job und machte sich, ebenfalls als Taxiunternehmer, selbständig! Das Geschäft lief gut und einige Monate später konnte er seine Frau und seine vier Kinder nachkommen lassen! Die Familie Atasoy bezog eine Drei-Zimmer-Wohnung im Stadtteil Benhausen in Paderborn und lebte in bescheidenen, aber ordentlichen Verhältnissen.

Heute Nachmittag war das Geschäft bisher eher mies angelaufen, Güner hat schon viel zu lange an einem Standplatz nahe dem Bahnhof auf Kunden gewartet. Eben will er den Motor starten, um auf einer der Hauptstraßen ein wenig auf- und abzufahren: auf diese Weise kann man eher Kunden fangen, als tatenlos am Standplatz auszuharren! Da wird die rechte hintere Türe geöffnet und ein Kunde zwängt sich auf den Rücksitz:

„Guten Tag! Bringen Sie mich bitte hinüber nach Elsen?"

„Aber gerne, mein Herr! Und wo genau soll es da hingehen?"

„Fahren Sie einfach los! Ich muss in einem Waldstück neben der Schnellstraße ein Paket abholen! Ich sage Ihnen dann schon rechtzeitig Bescheid!"

Güner fährt los und beobachtet im Rückspiegel seinen Fahrgast: der Mann dürfte sehr groß sein, er trägt über seinem Mantel eigenartigerweise einen hauchdünnen Regenschutz-Mantel. Güner ist schon lange im Geschäft und die Sonderwünsche seiner Fahrgäste wecken in ihm schon keine Emotionen mehr! Nach etwa fünf Minuten Fahrt dirigiert ihn der Mann plötzlich auf einen in den nahen Wald führenden Weg. Nun regen sich in Güner erste Warnsignale: er kennt die Stadt in- und auswendig und dieser Weg, das kann er wohl abschätzen, führt nirgendwo hin! Dem Fahrgast dürfte Güners langsame

Fahrweise natürlich aufgefallen sein und er meint ruhig und mit heiserer Stimme:

„Sie brauchen sich keine Sorgen zu machen, lieber Herr! Dieses Paket, das ich abholen soll, liegt dort vorne, vielleicht noch ca. 50-70 Meter, einige Meter neben dem Fahrweg, knapp vor dem Bretterzaun! Also, fahren Sie nur…"

'Was für Geschäfte macht dieser Kerl denn, dass er ein in einem Waldstück deponiertes Paket abholen muss?` denkt Güner. Die jedoch exakte Beschreibung beruhigt ihn und er fährt weiter, dann ruft der Fahrgast:

„Halt! Hier muss es sein! Lassen Sie mich aussteigen!"

Sofort stoppt Güner den Wagen, der Fremde steigt aus und geht nach hinten zum Kofferraum! Dort bleibt er stehen, blickt suchend um sich, dann ruft er:

„Hören Sie, da stimmt etwas nicht mit Ihrem Wagen: Sie ziehen schon die ganze Zeit eine Ölspur nach! Das ist aber gar nicht so gut für den Waldboden!"

Daraufhin geht er nach links in das Waldstück hinein, um sein Paket zu holen. Güner lässt den Motor laufen und steigt aus. Er begibt sich nach hinten, um sich die Sache anzusehen, kann jedoch keine Ölspur erkennen! Er beugt sich zum Auspuff hinunter und als er sich wieder aufrichten will, umklammern zwei Hände wie ein Schraubstock seinen Hals und drücken mit entsetzlicher Kraft zu! Güners Gegenwehr ist vollkommen zwecklos: wie er auch strampelt, wie er sich auch windet und versucht, mit seinen Händen diese grausige Umklammerung zu lösen, nichts hilft! Schon ist er ohnmächtig zu Boden gesunken, der Mörder kniet nun über ihm und hält noch immer, schon völlig sinnlos, Güners Hals von hinten umklammert und drückt und drückt…

Nach etwa fünf Minuten richtet sich der Mörder auf, sieht vielleicht eine halbe Minute lang mit trauriger Miene auf sein Opfer hinunter, dann holt er aus seiner linken Manteltasche ein dunkles Jacarandaholz-Etui. Daraus entnimmt er ein geschnitztes Eichenblatt, auf dessen konkaver Seite links oberhalb des Stängels zwei zum Würgen ansetzende Hände eingebrannt sind und legt dieses auf den Rücken des vor ihm liegenden Toten! Dann prüft er den Boden im knappen Umkreis seiner Mord-Stätte, öffnet den Kofferraum des Wagens und entnimmt ihm eine Wolldecke. Mit dieser wischt er in kreisenden Bewegungen über den Waldboden, sodass keinerlei Fußspuren mehr zu erkennen sind. Die Decke lässt er einfach fallen und entfernt sich, nur über das Waldlaub gehend, vom Tatort in der Richtung aus der sie gekommen waren. Kurz vor Erreichen der Hauptstraße biegt er nach links in das Gebüsch ein, dort steht ein Fahrrad mit Absperrschloss an einen Baum gelehnt. Vollkommen ruhig öffnet der Mörder mittels einer Zahlen-Kombination das Schloss, sitzt auf und fährt aus dem Waldstück heraus auf einem Seitenweg in Richtung Benhausen davon…

Hauptmann

„Hör auf, Willy!!" schreit Dieter Schelkens „Hör sofort auf damit!! Du bringst ihn ja um!!"

Dabei versucht er mit aller Kraft, seinen Freund Willy Hauptmann von dem unter diesem rücklings am Boden liegenden und vergeblich nach Luft ringenden Mann wegzuzerren! Aber Dieter Schelkens hat nicht die Kraft, seinen großen, schweren Freund, der mit verzerrter Fratze und weit aufgerissenen Augen im Begriff ist, sein Opfer zu Tode zu würgen, von dessen Tun abzuhalten!

„Mensch, Willy!!" schreit er verzweifelt „Oh, mein Gott, Willy!! Hör jetzt bitte auf!! Willst du denn zum Mörder werden?!"

Doch Hauptmann ist wie besessen! Er lässt nicht locker, er kniet über dem bereits leblosen Mann, hat seine riesigen Hände um dessen Hals gelegt und drückt noch immer wie in Trance zu und zu und zu...

Verzweifelt sackt Dieter Schelkens neben Hauptmann und der Leiche zusammen, sein ganzer Körper zuckt durch die grausige Szene, die sich eben vor ihm abspielt, in einem konvulsivischen Krampf! Tränen rinnen über sein Gesicht und er bettelt immer wieder:

„...Willy, Willy...bitte...lass es ein! Ich möchte keinen Mörder zum Freund haben! Was hat dieser Mensch dir denn getan? Du kennst ihn doch überhaupt nicht! Bitte, Willy, komm jetzt, es ist vorbei...vorbei!"

Dieter Schelkens lehnt an dem Bretterzaun, der sie vor Blicken von der vorbeiführenden Schnellstraße schützt, unfähig, auf seinen gewalttätigen Freund einzuwirken! Aber er weiß auch, dass es zu spät ist! Das unschuldige Opfer ist bereits tot. Keine zwei Meter entfernt, auf der anderen Seite des Zauns, steht mit laufendem Motor das Taxi, dessen Fahrer soeben unter den schrecklichen Händen Hauptmanns sein Leben ausgehaucht hat!

Und plötzlich, wie aus einem Traum erwachend, löst Hauptmann seine Umklammerung des Halses, richtet sich langsam auf, beugt sich über seinen vor ihm hockenden Freund und meint mit abgehakter, heiserer Stimme:

„Du weißt, Dieter, dass...dass ich das nicht...gewollt hatte? Du...du weißt es doch, oder?"

Der drohende Klang der letzten Worte treibt Dieter den Schweiß auf die Stirn, sein Puls beginnt zu rasen und er getraut sich nicht zu antworten!

„Verdammt nochmal!" schreit Willy plötzlich hysterisch „Sag, dass dieser Mensch nicht hätte sterben sollen! Sag es, endlich! Bist du mein Freund oder nicht?!"

Dieter hat Todesangst, seine Augen sind unnatürlich weit aufgerissen, aber er weiß, es ist nun verdammt an der Zeit, Willy zu beruhigen! Langsam hebt er seinen Kopf und mit gepresster Stimme flüstert er hinauf:

„Ja, natürlich, Willy, freilich weiß ich das!
Du...du hast einfach Recht, Junge! Das...hier
hätte heute nicht passieren müssen!"

Dann fällt sein Kopf wieder auf seine Brust
und zitternd erwartet er die Reaktion seines
Freundes. Dieser geht nun vor Dieter in die
Hocke, sieht ihn mit irrem Blick an, legt seine
Hände um dessen Hals und drückt zu, langsam,
immer stärker, Dieters aufgerissene Augen wer-
den immer größer, er versucht verzweifelt, Willys
Hände von seinem Hals loszulösen, aber...

Die Verwandlung

Mit einem Schrei erwacht Willy Hauptmann. Nach Luft ringend und schweißgebadet setzt er sich im Bett auf, die Arme seitlich abgestützt, und versucht langsam, tief und ruhiger zu atmen! Es dauerte noch einige Minuten und Willy hat sich weitgehend im Griff! Nun steht er auf, geht noch ein wenig torkelnd hinaus in die Küche und holt aus einem Hängeschrank eine Flasche Bourbon. Die Uhr über der Küchentüre zeigt 3 Uhr 20. Er verzichtet auf ein Glas, setzt die Flasche an und nimmt einen kräftigen Schluck. Er schüttelte sich kurz, als der Whisky seine Kehle hinunterrinnt, dann atmet er einige Male tief aus und aus und aus und dann einmal kräftig ein und jetzt spürt er, dass er seinen Albtraum übertaucht hat!

Während er nun etwas unschlüssig im Wohnzimmer auf- und abgeht, lässt ihn die ihn schon ewig bedrängende Frage nicht los: Was war wirklich passiert? Allerlei Wirres tummelt sich in seinem Kopf und je länger Willy darüber grübelt, desto blasser und amorpher wird die Szene des Mordes! Verdammt nochmal, denkt er, wer waren diese Personen in seinem Traum? Schelkens…ja, Schelkens! So ein eigentlich nicht häufiger Name prägt sich doch einem ins Gedächtnis ein, oder? Hauptmann hat sich im Zuge seiner vielen Reisen doch hunderte Namen gemerkt. Und wenn er mit den zu diesen Namen gehörenden Personen oftmals nur einen Abend lang, zum Beispiel in einer Hotelbar, oder im Restaurant, oder auf einer Fachmesse zusammengesessen hatte! Aber einen Schelkens, nein, einen Dieter Schelkens, den hätte er sich doch gemerkt, wäre der ein interessanter Gesprächspartner gewesen!

Hauptmann hat den Rest der Nacht eher unruhig verbracht und deshalb kommt er am nächsten Morgen einigermaßen angeschlagen ins Büro. Als er den Vorraum des Unternehmens betritt, ruft ihm Fräulein Exinger vom Empfang freundlich lächelnd zu:

„Einen schönen guten Morgen, Herr Schelkens!"

Hauptmann hält kurz an, lächelt grüßend zurück und begibt sich in sein Büro, welches am anderen Ende des langen Flurs liegt. Hier angekommen, legt er Hut und Sakko ab und nimmt an seinem Schreibtisch Platz. Rechts von ihm auf der Schreibtischplatte steht ein Bilderrahmen mit einem Foto, welches eine unglaublich hübsche, junge, schwarzhaarige Frau zeigt. Hauptmann starrt das Foto einige Sekunden lang an, plötzlich verändern sich seine eben noch freundlichen Gesichtszüge zu einer Fratze, die Augen werden zu kleinen Schlitzen und die zusammengepressten Lippen sind nur mehr ein einziger blassroter Strich! So sitzt er vielleicht eine ganze Minute wie erstarrt vor diesem Foto, seine Rechte hält einen Bleistift fest umklammert und plötzlich zerbricht mit einem hässlichen Geräusch der Stift in seiner Hand!

In seinem Innersten total aufgewühlt, sitzt Hauptmann eine Weile unbeweglich am Schreibtisch, seine Faust hält die Bruchstücke des Schreibgerätes krampfhaft fest! Sein Atem geht flach und rasch und noch immer hat er seine Augen zu Schlitzen zusammengepresst!

„Hey!" zischt er nun „Mach ja nicht noch einmal solchen Scheiß, ok?"

Dabei starrt er das Foto schweratmend an. Plötzlich beginnt sein Atem schneller zu werden! Eine unangenehme Hitze steigt in seinem Kopf hoch, seine Augen weiten sich unnatürlich und sein Rücken biegt sich unaufhaltsam und schmerzhaft nach rückwärts durch! Jetzt entfährt ein schreckliches Röcheln seiner Kehle! Nur einige Sekunden währt diese Wandlung und mit einem Mal stellt sich der Normalzustand seines Wesens wieder ein: es ist für ihn wie ein Sprung aus einer fremden, düsteren Welt in die Wirklichkeit seiner Umgebung: aus Willy Hauptmann ist nun wieder Dieter Schelkens geworden, der sympathische, von der gesamten Belegschaft hochgeschätzte Verkaufs-Direktor!

Langsam, ganz langsam löst sich seine Anspannung und eben möchte er mit der linken Hand den zerstörten Stift in den Papierkorb wischen, da wird kurz an der Türe geklopft und Carla Poggsteiner, seine Sekretärin, öffnet und tritt ein. Es war zwischen den beiden seit jeher so abgemacht, dass Carla seine Aufforderung zum Eintreten nie abwarten muss: natürlich soll sie, bevor sie eintritt, vorher anklopfen. Wollte Dieter ungestört bleiben, würde er sie dies entsprechend laut durch die Türe wissen lassen!

„Guten Morgen, Chef!" flötet Carla. Sie ist ein höchst appetitlicher Anblick: ihre vorteilhafte Figur, die sie durch geschmackvolle Kleidung sehr wohl in Szene zu setzen weiß, zieht nicht nur die Blicke der Männer, sondern auch jene ein wenig neidvollen ihrer Kolleginnen auf sich. Carla ist mittelgroß, ein sonniger Typ mit tizianrotem, immer perfekt gestyltem, oft auch nach hinten gekämmtem und zu einem Pferdeschwanz gefasstem Haar. Ihre tiefblauen Augen weiten sich immer etwas, wenn sie mit jemandem spricht und erwecken dadurch bei ihrem Gesprächspartner einen interessierten Eindruck. Carla ist immer perfekt, das soll heißen dezent, geschminkt. Was natürlich für eine Anstellung das Allerwichtigste ist, nämlich die berufliche Kompetenz, die bringt Carla ausnahmslos mit. In all den Jahren, die sie für Schelkens als Sekretärin, Sachbearbeiterin und sozusagen als zuverlässige *Fee für Alles* tätig ist, gab es nicht ein einziges Mal Anlass für eine Zurechtweisung, zu einem Rüffel oder sonst einer Ermahnung seitens ihres Chefs!

Sie tritt an Dieters Schreibtisch heran, legt einen Aktenordner vor ihn hin und meint kurz und prägnant:

„*Konns & Partner* haben vorerst abgesagt. Wir sind zu teuer, schreiben sie, wollen sich jedoch wegen eines möglichen Preisnachlasses nochmals melden!"

Das gefällt Dieter so an seiner Carla: sie verschwendet weder Zeit noch Worte in ihren Mitteilungen, alles wichtige Schriftliche war bereits vorab eingetragen und die Unterlagen sind für ein mögliches Kundengespräch perfekt vorbereitet!

„Sie sind ja doch mein Engel, Carla!" entgegnet Schelkens „Aber alles Unangenehme, nämlich die quälenden Preisverhandlungen mit diesen lästigen Billig-Einkäufern, die bleiben letztlich ja doch an mir hängen, oder?"

Carla lächelt wissend, nickt kurz und meint:

„Hier, lieber Chef, kann ich Ihnen leider gar nicht helfen!"

Damit wendet sie sich zur Türe, dreht sich aber auf halbem Weg um und meint:

„Haben Sie's auch schon gehört, Chef? Dieser furchtbare Mörder hat angeblich schon wieder zugeschlagen: drüben in Lippstadt! Einen Taxi-Lenker hat's erwischt! Aber es war kein Raubmord, alles Geld ist noch da! Und er hat wieder dieses…Eichenblatt auf seinem Opfer zurückgelassen!"

Schelkens zuckt mit den Schultern, hebt bedauernd die Hände und meint:

„Irgendwann, meine liebe Carla, irgendwann werden wir schon kurz nach der Geburt feststellen können, ob dieser neue Erdenbürger ein verbrecherisches Gen in sich hat oder nicht! Und dann wird man hoffentlich auch viel unnötiges Leid verhindern können!"

Carla nickt und meint:

„Das hoffe ich doch wirklich auch ganz, ganz stark, Chef!"

Nun verlässt sie Schelkens Büro. Er beobachtet, wie sie beim Hinausgehen ihre weiblichen Formen zu präsentieren weiß! Interessanterweise jedoch verspürt er niemals weder Interesse noch Lust an ihr selbst! Er sitzt noch einige Minuten sinnierend in seinem Chefsessel, die Arme auf den Lehnen abgestützt.

Jetzt erst bemerkt er in seiner rechten Faust die Bruchstücke des Bleistiftes! Er öffnet die Hand, lässt den beinahe vollkommen zerbröselten Stift in den Papierkorb neben ihm fallen und streift mit den Fingern der freien Hand die Reste des Stifts von seiner Handfläche. Dabei fällt sein Blick auf das Foto und sofort schließt er seine Augen. Er schüttelt den Kopf und atmet wiederholt einige Male tief ein und aus. Nun erhebt er sich und geht ein paar Mal im Raum auf und ab. Jetzt spürt er, wie seine Anspannung nachlässt und er nimmt wieder Platz. Er zieht den von Carla gebrachten Ordner zu sich her, öffnet den Deckel und beginnt, das Angebot nochmals eingehend durchzuarbeiten.

30 Jahre zuvor

Dieter Schelkens, der zwölfjährige Sohn von Rosanne Schelkens, sitzt konzentriert vor seinem Arbeitstisch in dem kleinen Schuppen im Garten des Elternhauses. Eben hat er ein neues Werk begonnen: ein handtellergroßes Eichenblatt mit einem Stängel. Die für ihn schöne Form, die zarte Nervatur in der vor ihm auf der Arbeitsfläche liegenden Zeichnung gefällt ihm ungemein und so hatte er sich entschlossen, dass solch ein Eichenblatt seine nächste Schnitzarbeit werden müsse!

Gerade eben war seine Mutti bei ihm gewesen und hatte seine letzte Arbeit, ein ca. 12 cm hohes Reh-Kitz - Dieter hat es *Bambi* getauft - bewundert. Es ist ihm wirklich gelungen, das weiß Dieter, auch ohne sich selbst loben zu wollen! Diese ehrliche Anerkennung seiner Mutter ist Balsam auf seine kranke Seele: mit dem überraschenden Tod seines geliebten Vaters vor zwei Jahren nämlich hat Dieter schrecklich zu kämpfen! Was jedoch erschwerend für den Jungen wirkt: seine Mutter hat sich seit kurzem einen Lebensgefährten ins Haus genommen! Dieter kann - alleine schon aus natürlichem Empfinden - den Mann überhaupt nicht leiden! Der Typ ist eher grobschlächtig, vielleicht eins neunzig groß, sein Schädel mit dem dunkelbraunen, struppigen Haar kommt Dieter vor wie der eines Rübezahls, und die Hände gleichen den Pranken eines Untieres!

Willy Hauptmann, so heißt dieser für Dieter völlig uninteressante Mensch, ist für ihn wie ein ewig grau bedeckter Himmel, oder besser noch, wie ein durch die Schuh-Sohle getretener, immer und ewig schmerzender Nagel im Fuß! Jede Begegnung mit diesem Ungeheuer, und sei sie auch noch so kurz, erweckt umgehend nicht nur ein schmerzliches Gefühl, sondern auch ein solches der Abscheu in dem Jungen! Und Dieter zeigt Hauptmann auch ganz offen seine Ablehnung! Als Hauptmann ihm das erste Mal befahl, etwas für ihn zu erledigen, so als wäre er sein leiblicher Vater, erhob sich Dieter und richtete sich zu voller Größe auf. Er war für sein Alter hochgewachsen, nur wenig kleiner als dieser unsympathische Eindringling! Dieter sah Hauptmann einige Sekunden mit schiefgelegtem Kopf an und sagte ganz ruhig und leise:

„Ich glaube, das ist nicht so gut, dass Sie mir etwas anschaffen, Herr Hauptmann!“ Entgegen den Bitten seiner Mutter war Dieter nicht bereit, diesen Menschen per Du anzusprechen! „Und ich denke, wir können diese Unstimmigkeit ganz einfach lösen! Ich sage es Ihnen offen und ehrlich: ich mag Sie nicht! Ich folge meiner Mutter und sonst niemandem hier in diesem Hause, ja? So kann alles friedlich bleiben, wenn wir beide uns weitmöglich aus dem Weg gehen, alles klar?“

Damit war er hinaus- und hinübergegangen zu seinem Schuppen und hatte Willy Hauptmann, den Lebensgefährten seiner Mutter, total verdutzt im Wohnzimmer stehengelassen! Beide allerdings hatten nicht mitbekommen, dass Dieters Mutter unbemerkt im Durchgang zur Küche gestanden und alles mitbekommen hatte! Natürlich war sie erstens enttäuscht darüber, dass ihr Sohn ihren Lebensgefährten nicht akzeptieren wollte und zweitens wusste sie nur allzu gut, dass, solange Willy in ihrem Hause zugegen war, nie wirklich Frieden einkehren konnte!

Willy Hauptmann brauchte eine Weile, bis er sich zu einer Reaktion entschließen konnte. Nun ging er langsam hinaus, durch den Garten zu Dieters Werkstatt, öffnete die Türe und trat ein. Dieter blickte kurz auf, machte aber sofort an seiner Arbeit weiter. Er tat so, als sei Hauptmann überhaupt nicht anwesend! Mit seinen großen Händen bearbeitete er soeben gefühlvoll ein neues Werkstück. Links von ihm lag auf einem Eisenrost ein mittels Stromkabel angesteckter Brennstempel, mit dem er seine Initialen DS auf seine Werke aufbringen konnte. Den rechts neben ihm stehenden Hauptmann ignorierte er einfach!

Dieser trat nun ganz nahe an Dieter heran, sah dem Jungen bei seiner Schnitzarbeit eine Weile zu, dann setzte er sich knapp neben Dieter auf die Arbeitsbank und wartete. Natürlich fühlte sich Dieter gestört und blickte unwillig auf. Jetzt sah er, wie dieses Ungeheuer von Mensch plötzlich seine Arme anhob, die riesigen Hände krallenartig formte und sie langsam an Dieters Hals heranbewegte! Dabei schlossen sich seine Augen zu schmalen Schlitzen und er fletschte wie ein böser Hund seine Zähne!

Dieter war unfähig zu reagieren, ihn überfiel eine schreckliche Furcht vor diesem Monster, ja, es war eine Todesangst! Er begann, am ganzen Körper zu zittern, sein Schnitzeisen fiel zu Boden und sein Herz pochte zum Zerspringen! Jetzt legten sich die krallenartigen Hände um seinen Hals und drückten zu, langsam, immer fester wurde diese grausige Umklammerung! Dieter wollte schreien, aber natürlich brachte er keinen Ton heraus! Hauptmanns tödliche Henkershände ließen ihm keine Chance, um Hilfe zu rufen!

Mit einem Mal löste dieser seinen Griff und mit einem tiefen Atemzug verschaffte Dieter sich wieder frische Luft! Er wollte sich vorbeugen, um seinen Kopf auf der Arbeitsplatte auszuruhen. Im selben Augenblick jedoch packten die beiden Klammern erneut zu, diesmal von hinten! Dieter strampelte, würgte, seine Hände - und die waren für sein Alter übernatürlich groß und kräftig - versuchten verzweifelt, diesen mörderischen Schraubstock zu lösen, vergeblich! Und knapp, bevor Dieter ohnmächtig zu werden drohte, lockerte Hauptmann seinen Griff! Wieder holte Dieter tief Atem, keuchend griff er sich an den Hals und erneut erfuhr er diese entsetzliche Umklammerung, allerdings wieder von vorne und durch Hauptmanns linke Hand! Dessen Rechte ergriff nun den Griff des heißen Brennstempels und hielt es knapp vor Dieters verzerrtes Gesicht!

„Damit du Bescheid weißt, du mieses Stück Dreck!" flüsterte Hauptmann dem Jungen nun ins Ohr „Noch einmal solch eine Frechheit und ich brenne dir ein ewiges Mal auf deine Stirn, kapiert?"

Die Tortur dauerte wieder ca. eine Minute, dann ließ Hauptmann den schlaffen, nun bereits ohnmächtig gewordenen Burschen gegen die Lehne von dessen Sessel zurückfallen!

Langsam kam Dieter zu sich, er schaute wie benebelt um sich, da erblickte er Hauptmann und wollte sofort um Hilfe schreien! Da legte dieser seine Riesenpranke auf Dieters Mund, die andere hielt seinen Hinterkopf und nun beugte sich dieser Verrückte herunter, ganz knapp an Dieters Ohr und flüsterte mit heiserer Stimme:

„Ein einziges Wort, du kleine Kröte, ein einziges Wort zu deiner Mami und ich bringe euch beide um, ganz einfach, aber langsam um! Einen Vorgeschmack davon hast du ja eben genossen, ok?"

Er bog Dieters Kopf nach hinten, sodass ihm dieser in die Augen sehen musste. Dieter hoffte inständig, dass dieser Spuk doch endlich vorbei sein möge! In diesem schrecklichen Schraubstock konnte er nur ein Nicken zu Hauptmanns Drohung andeuten! Daraufhin ließ dieser seinen Kopf los, drehte sich wortlos um und verließ die Werkstatt.

Dieter saß noch immer wie betäubt da, atmete schnell und kurz und kam langsam wieder ganz zu sich! Dieses schreckliche Erlebnis hatte sich natürlich in sein Gehirn eingebrannt, nie wieder in seinem Leben würde er diese Szene vergessen können! Jetzt erhob er sich und begann, langsam im Raum auf- und abzugehen. Plötzlich schossen ihm die Tränen über seine Wangen! Die Hände vor das Gesicht geschlagen, schluchzte er in seiner jugendlichen Wehrlosigkeit krampfartig und konnte sich vorerst gar nicht beruhigen! Dieter konnte das eben Vorgefallene nicht begreifen! Jetzt setzte er sich wieder an seinen Arbeitsplatz und legte seine Hände vor sich auf den Tisch: Es waren wirklich große Hände, eher atypisch für seinen schlanken Körperbau! Aber diese Hände hatten Kraft, gute Kraft, um seine Materialien, die er mittels seiner Schnitzwerkzeuge mit ruhigem und kräftigem Zug bearbeiten musste, festhalten und fixieren zu können!

Und wie Dieter seine Hände betrachtete, waren plötzlich die Schmerzen an seinem Hals, die Angst, sein Zorn auf Hauptmann wie weggeblasen! In seinem Innersten wusste Dieter, dass er nun sehr, sehr viel Zeit dazu würde verwenden müssen, um seine Mutter vor diesem Untier beschützen zu können!

29 Jahre davor

Dieter Schelkens sitzt über seiner Schnitzarbeit, die er soeben im Begriff ist, fertigzustellen: es ist ein aus hellem Eichenholz gefertigtes 15 cm langes und 8 cm breites Eichenblatt. Die Dicke hat Dieter so bemessen, dass man mit den Schnitzwerkzeugen zwar noch kräftig darauf einwirken kann, aber nicht so dick, dass es plump aussehen würde! Der Stängel ist mit 2,5 cm Länge gut bemessen. Noch einige sanfte Züge mit dem feinen Schleifpapier und Dieter betrachtet prüfend sein Werk: ein zufriedenes Lächeln umspielt seine Lippen, er streichelt verliebt die Schnitzarbeit mit beiden Händen und legt sie danach vor sich auf den Arbeitstisch. Mitten in seine Betrachtung kommt ihm ein Gedanke: *'Was,'* denkt er *'könnte man hier noch interessanter machen? Vielleicht...'* Plötzlich hebt er den Kopf und mit zweifelndem Gesichtsausdruck steht er auf, begibt sich zu der unter dem Fenster stehenden BauernTruhe und entnimmt ihr das Paket mit dem elektrischen Brennstempel. Seit dem schrecklichen Vorfall seinerzeit mit Hauptmann hat er diesen Stempel nicht mehr angerührt! Vorsichtig legt er das Paket auf den Tisch, schlägt das Stofftuch auseinander und betrachtet nachdenklich das vor ihm liegende Werkzeug. Nach einigen Sekunden hat er seinen Entschluss gefasst: er wird auch dieses neue Werkstück mit seinen Initialen versehen!

Er steckt das Kabel ein und nach einigen Minuten hat der Stempel die erforderliche Hitze erreicht. Nun drückt Dieter das Eichenblatt tief und fest in eine mit Sand gefüllte Schale, um ein Verrutschen während des Einbrennens zu verhindern. Jetzt presst er den heißen Stempel kurz aber kräftig auf die konkave Seite des Eichenblattes: sofort ist der Raum mit dem Geruch von verbranntem Holz erfüllt! Und seine Initialen *DS* sind verewigt!

Eben hat der Junge ein kleines Schnitzeisen zur Hand genommen, um ein winziges Detail an der Spitze des Blattes zu verbessern. Mit seiner kräftigen linken Hand fixiert er das Werk auf der Arbeitsplatte und setzt das Eisen knapp unter der Blattspitze an. Plötzlich hält er in der Bewegung inne: war das eben nicht ein Schrei, der vom Haus her kam? Dieter verharrt und lauscht angestrengt. Und jetzt vernimmt er den Schrei deutlich! Das kann nur seine Mutter sein, außer ihr und diesem Hauptmann ist ja niemand anderer im Haus! Dieter springt auf und rennt durch die offenstehende Tür hinüber zum Haus! Er reißt die Eingangstüre auf, stürzt in den Flur, weiter zum Wohnzimmer und die Szene, mit der er dort konfrontiert ist, lässt sein Blut in den Adern gefrieren! Seine Mutter liegt neben der Sitzbank bäuchlings auf dem Boden und strampelt verzweifelt mit den Beinen! Hauptmann kniet über ihr und hat seine riesigen Hände um ihren Hals gelegt! Er schüttelt ihren Kopf wie den einer

Puppe, wieder und immer wieder, so als wolle er das ganze Leben aus ihr herausbeuteln!

Dieters Augen weiten sich, sein ganzer Körper gerät in unkontrolliertes Zittern und es bedarf nur zwei Sekunden, dass er begreift, was hier zu tun ist:

Lautlos, mit drei großen Sprüngen ist er, sein Schnitzeisen noch in der Rechten, hinter Hauptmann gelangt. Dieser hat Dieters Erscheinen nicht bemerkt und kniet immer noch keuchend und würgend auf der Mutter des Jungen!

Mit einem Satz ist Dieter über ihm, packt mit der Linken Hauptmanns Haare, reißt ihm den Kopf zurück und rammt ihm in ohnmächtiger Wut das Schnitzeisen mit voller Wucht seitlich in den Hals! Aus der getroffenen Hauptschlagader spritzt eine Blutfontäne hoch in den Raum, bis hinüber zum Fenster! Dieter hält Hauptmanns Kopf noch immer an den Haaren fest, nun zieht er ihn von seiner Mutter herunter und schreit Hauptmann an:

„Du verdammtes Dreckschwein, du! Krepieren sollst du hier und nie wieder jemandem Todesangst einjagen können!"

Damit zieht er das Schnitzeisen brutal aus Hauptmanns Halswunde und stößt erneut zu, diesmal von vorne direkt in die Kehle! Wieder schießt ein Blutstrahl hochauf, Hauptmann röchelt schrecklich, er ist auf den Rücken gefallen, nachdem Dieter ihn losgelassen hat! Das Werkzeug steckt noch in seiner Kehle, sein Kopf liegt in seinem Blut und er ringt vergeblich und sterbend nach Luft!

Dieter hat sich sofort um seine Mutter gekümmert, sie auf den Rücken gedreht und muss erkennen, dass sie nicht mehr atmet! Sofort beginnt er die Wiederbelebung, wie er sie in der Schule einmal gelernt hatte. Hauptmann ist bereits verblutet, als Dieter noch immer wie ein Verrückter bemüht ist, seiner Mutter das Leben zu erhalten!

Aber Dieter muss dann doch wahrhaben, dass seine geliebte Mutter nicht mehr zu retten ist: ihr Lebensgefährte hat ihr das Genick gebrochen! Der Junge ist mit einem Weinkrampf über ihr zusammengebrochen, die von ihm später alarmierten Rettungskräfte haben ihn zur Beobachtung ins Spital gebracht. Und durch dieses schreckliche Ereignis hat in Dieters Kopf eine Veränderung stattgefunden: er spricht nicht, isst und trinkt nur das Allernotwendigste, und jeder fachärztliche Versuch, an sein Innerstes heranzukommen, scheitert an seinem Unwillen, den Ärzten die mögliche Chance auf seine vollkommene Wiederherstellung einzuräumen!

Dieter Schelkens verlässt die Klinik, und wohnt fortan bei Verwandten. Das Elternhaus wurde verkauft und ein Notar verwaltet das Vermögen bis zu Dieters achtzehntem Geburtstag. Und auch die neuen Erziehungsberechtigten haben ernste Probleme mit ihrem Zögling: zwar gibt es nie irgendwelche Streitereien im Haus, Dieters Verhalten seinen Mitmenschen gegenüber aber ist doch auffällig: kein Wort spricht er mit seinen Zieheltern oder mit seinen Schulkameraden. Seine einzige Beschäftigung in seiner Freizeit ist, an dem im Zimmer aufgestellten Arbeitstisch aus seinem Schuppen herrliche Schnitzarbeiten zu fertigen!

Mit achtzehn Jahren zieht Dieter in ein mit seiner Erbschaft angeschafftes Einfamilienhaus im Paderborner Stadtteil Neuenbeken und bekommt ebendort in einem Großbetrieb einen gut bezahlten Job als Verwaltungs-Sekretär für die gesamte Transport-Logistik.

Die Overtüre

Dieter Schelkens, mit seinen 39 Jahren bereits General-Manager eines großen Transport-Logistikunternehmens in Paderborn, sitzt vor seinem Arbeitstisch im Atelier, welches er sich im Keller seines Hauses eingerichtet hat. Prüfend betrachtet er den aus Lärchenholz geschnitzten Adler, dessen Schwingen weit geöffnet sind. Es war eine sehr schwierige, äußerst diffizile Arbeit gewesen, aber das Endprodukt hält seiner strengen Kritik locker stand! Nun nimmt er eine Lupe mit starker Vergrößerung aus der rechten obersten Schublade und inspiziert damit die Details der Arbeit: wie exakt die Fänge um das Stück Astholz, auf dem der Adler hockt, gekrümmt sind! Die ein wenig angewinkelten Beine sowie das halb geöffnete Flügelpaar, die wie in Echtzeit den Augenblick des Abhebens andeuten! Und diese Augen, die jedes noch so kleine Opfer aus großer Höhe erspähen können: sie sind ihm perfekt gelungen!

Schelkens besieht sein Werk mit einem verliebten Lächeln: und gerade jetzt erinnert er sich an diesen für ihn als zehnjährigem Jungen unvergesslichen Besuch einer Holzschnitz-Werkstatt im österreichischen Kärnten! Und wie ihn diese wunderbaren, mit großer Perfektion und Liebe gefertigten Arbeiten faszinierten! Dieter konnte seine Gedanken von dieser schönen, ruhigen und produktiven Beschäftigung nicht mehr abwenden! Noch einige Male hatte er diese

Werkstatt anlässlich ihrer Familien-Sommer-urlaube in Kärnten besucht, hatte stundenlang dem Meister über die Schulter geguckt, hatte sich viel erklären lassen und es dauerte nicht lange und Dieter hatte sich in dem Schuppen im elterlichen Garten eine kleine Werkstatt eingerichtet!

Im diesem Augenblick der Erinnerung jedoch fährt ein kurzer Stich durch seinen Kopf und er hört aus weiter Ferne die Hilfeschreie seiner Mutter! Nun geht eine unerwartete Änderung mit Dieter vor: er erhebt sich, geht einige Schritte mit auf den Rücken gelegten Armen im Raum auf und ab, es hat den Anschein, als erwarte er etwas. Jetzt bleibt er abrupt stehen, blickt mit ängstlich geweiteten Augen im Raum umher, er weiß genau, was momentan mit ihm geschieht! Nun wendet er sich seiner dort auf dem Tisch wie auffordernd harrenden Schnitzarbeit zu und schließt die Augen. Sein Atem beginnt schneller und schneller zu werden, sein Mund verzieht sich zu einem schmalen Strich, jetzt öffnet er die Augen und diese haben einen schrecklich starren Blick bekommen!

Wie von einer übernatürlichen Gewalt getrieben, ist Dieter mit ein paar schnellen Schritten bei einem schmalen Wandschrank aus dunklem Eichenholz und entnimmt diesem einen Karton, der einen dicken Packen hellblauer Hygiene-Handschuhe enthält. Diese hatte er vor Jahren anlässlich eines Besuches in einem großen Motoren-Herstellungs-Betrieb im französischen Brest in einem dortigen Baumarkt erstanden:

Besucher hatten zu diesem Betrieb ohne Ausnahme nur mit Schutzkleidung Zutritt. Aus einer unteren Lade in diesem Kasten holt Dieter nun einige Päckchen dünner Regenschutzmäntel heraus. Eines davon legt er auf den Arbeitstisch, die anderen verstaut er in einer Geheimlade unter demselben. Das zur Seite gelegte Päckchen reißt er nun auf und vor einem neben der Eingangstüre angebrachten schmalen, hohen Wandspiegel schlüpft er in den Regenschutz. Nun legt er auch ein Paar der Hygienehandschuhe an und betrachtet seine Erscheinung lange Zeit im Spiegel: ein wohliges Gefühl erfasst ihn plötzlich, sein Puls beginnt, schneller zu schlagen und es erfasst ihn eine große Unruhe!

Einem Fach im Wandschrank entnimmt er jetzt ein Etui aus Jacaranda-Holz, in dem sich ein geschnitztes Eichenblatt mit eingebranntem Würgesymbol befindet! Einige Sekunden lang betrachtet er mit verliebtem Blick das in dem geöffneten Etui liegend Schnitz-Werk, dann klappt er das ‚Etui zu und steckt es in seine linke Manteltasche. Jetzt legt er auch Regenschutzmäntel und Handschuhe in die Geheimlade zurück und bringt die Laden wieder in ihre Ur-Position. Er entledigt sich der Verkleidung, packt Mantel und das Paar Handschuhe in eine Papiertüte und verlässt das Haus…

Der Mord

Dies ist heute gar nicht Iljana Brezovic's Tag: nach einem heftigen Streit mit ihrem Mann nach dem Frühstück hat die 44-jährige den Bus verpasst und muss nun die drei Kilometer bis zum Bahnhof zu Fuß laufen! Nach einigen Minuten hat es angefangen zu nieseln, in ihrer Aufregung hatte sie vergessen, den Taschen-Schirm einzustecken und zu allem Überfluss vernimmt sie die Anruf-melodie ihres Mobiltelefons. Mit einem Fluch auf den Lippen drückt sie sich in eine Hauseinfahrt, öffnet ihre Handtasche und kramt das Handy hervor. Ehe sie noch auf Empfang drücken kann, ist das Anrufzeichen verstummt. Zornig wirft sie das Telefon zurück in die Tasche und setzt ihren Weg zum Bahnhof fort. Ganz sicher war das eine ihrer beiden kleinen Töchter, die ihr irgendeine Nachricht aus der Schul-Pause zukommen lassen wollte!

Sie überquert die Hauptstraße und biegt in ein ca. 200 Meter langes Waldstück ein. Es ist eine von vielen Fahrgästen gerne genommene Abkürzung auf ihrem Weg zum Bahnhof. Durch das feuchte Wetter ist der erdige Boden schon etwas aufgeweicht und Iljana versucht mit klei-nen, tanzenden Sprüngen, auf möglichst festem Untergrund zu bleiben. Als sie eben wieder mit einem längeren Schritt knapp an einigen Büschen vorbei ist, legen sich plötzlich von hinten zwei Hände wie Stahlklammern um ihren Hals und pressen ihr sofort die Luftzufuhr ab, sodass es ihr

unmöglich ist, um Hilfe zu schreien! Zugleich
wird sie nach rechts hinter einige dicht bewach-
sene Büsche gezerrt! Iljana ist eine auf dem Lande
groß gewordene, robuste Frau und mit ihrer ersten
Reaktion stößt sie mit ihrem rechten Fuß kräftig
nach hinten aus. Am Verhalten des Mannes spürt
sie, dass sie ihn schmerzlich am Schienbein
getroffen haben muss! Zugleich versucht sie
verzweifelt, ihren Hals von der schrecklichen
Umklammerung zu befreien und merkt, dass diese
Hände in Kunststoffhandschuhen stecken! Aber es
hilft ihr nichts: immer fester wird ihr Hals
zugeschnürt, sie bekommt kaum noch Luft und ihr
wird schwarz vor den Augen! Noch mindestens
fünf Minuten hält der Mann schwer atmend
Iljanas Hals umklammert, er gibt keine Sekunde
nach! Dann lässt er ihren leblosen Körper langsam
zu Boden gleiten. Er beugt sich über sie und tastet
am Hals nach ihrem nicht mehr vorhandenen Puls.
Danach richtet er sich keuchend auf, steht eine
ganze Weile neben ihr und sucht, langsam um sich
blickend, die Gegend nach eventuellen Zeugen ab.
Vom Bahnhof her hört er über die Lautsprecher
eine Abfahrts-Durchsage und einige Meter entfernt von ihm und der Leiche fährt soeben ein
Radfahrer durch die Pfützen in Richtung Hauptstraße.

Hauptmanns Anspannung ist, wie jedes Mal,
schrecklich! Und er versucht jetzt, sich mittels
einer angelernten Atemtechnik zu beruhigen, sich
wieder in den Griff zu kriegen! Er ist müde,
furchtbar müde. Er will sich neben sein Opfer

hinsetzen, getraut sich jedoch nicht, da man im Falle einer Untersuchung ganz sicher Erdspuren an seiner Kleidung feststellen würde! Jetzt wendet er sich von seinem Opfer ab und spaziert einige Male hin und her, wobei er laufend tief ein- und ausatmet. Langsam spürt er, wie er ruhiger wird und er die Oberhand über sein strapaziertes Nervenkostüm gewinnt! Nun bleibt er neben der Leiche stehen und betrachtet sie genauer: Er mustert sie von oben bis unten, erkennt ihre kräftige Statur und erst jetzt spürt er den höllischen Schmerz, den ihm ihr Fußtritt gegen sein Schienbein beschert hat! Er reibt sich einige Male an der getroffenen Stelle und als er sich aufrichtet, ist ihm mit einem Mal so leicht, ja, er fühlt wieder dieses angenehme, befreite Gefühl, welches ihn jedes Mal nach einer solchen Tat, überkommt!

Jetzt holt er aus seiner Hosentasche ein aus Jacaranda-Holz geschnitztes Etui hervor, öffnet es vorsichtig und entnimmt ihm ein aus hellem Buchenholz handgeschnitztes Eichenblatt. Auf der Konkavseite links über dem Stängel ist ein zu Krallen geformtes Hände-Paar eingebrannt. Offensichtlich der Auftrag, seine Opfer ausschließlich erwürgen zu müssen! Dieses Schnitzwerk legt er seinem Opfer auf die Brust, steht noch einige Sekunden mit leidender Miene und mit wie zum Gebet verschränkten Händen vor seinem Opfer. Er sagt nichts, er fühlt nichts, er ist ganz einfach zufrieden. Der völlig sinnlose Tod einer unschuldigen Frau, Ehegattin und Mutter, der ist es, durch den sein krankes Hirn mörderische Genugtuung erfährt!

In seinem Haus angekommen, begibt sich Willy in den Keller, wo er sowohl Regenschutz als auch die Kunststoff-Handschuhe in einem zuvor angeheizten, von oben zu beschickenden Briketts-Ofen verbrennt und danach die Asche in der Toilette hinunterspült.

Die Ermittler

Rajesh Naths Vater war vor dreißig Jahren berufsbedingt samt Familie von Jaipur im indischen Bundesstaat Rajasthan nach Deutschland gekommen. Die Familie Nath war keineswegs unbegütert und Rajesh konnte eine internationale Schule besuchen. Seine ausgezeichneten Lernerfolge ermöglichten ihm ein Studium und Rajesh entschloss sich für die Fachrichtung Kriminologie. Diese Entscheidung war nicht zuletzt auf Grund der unzähligen schrecklichen, aber nie aufgeklärten Verbrechen in seinem Geburtsland gefallen. Für Rajesh war klar, dass er einer inneren Berufung zu folgen hatte und er schaffte es auch: bereits mit 33 Jahren war er zum Kriminal-Hauptkommissar befördert worden. Die Neid-Attacken einiger Kollegen überging er mit der ihm angeborenen indischen Mentalität: nie verlor er, obwohl genügend Gründe vorhanden gewesen wären, seine Selbstbeherrschung: nie kam ein aggressives Wort über seine Lippen und ein einziger langer, ruhiger Blick aus seinen großen, dunklen Augen machte seine jeweiligen Widersacher praktisch wehrlos!

Hauptkommissar Rajesh Nath, 38 Jahre alt, mittelgroß und sportlich schlank, mit blauschwarzem, vollem, zurückgekämmtem Haar und wunderschönen Augen, lehnt nachdenklich am einzigen Fenster seines Büros. Nath grübelt vor sich hin und geht die vorliegenden Fakten im Geiste durch: Hinsichtlich Spurenausbeute ist man leider überhaupt nicht erfolgreich: weder Fuß-abdrücke noch Kleiderfasern, DNA-Spuren oder andere zum Täter führende Hinweise hat er vorliegen! Wie technisch ausgereift die Untersuchungsmethoden in den Jahren auch geworden waren, Nath ist verzweifelt! Wieder und wieder prüft er gedanklich die Vorgangsweise seiner Kollegen: aber auch detaillierte Auskünfte über Familienangehörige, Freunde oder sonstige Bekannte der Opfer brachten die Ermittler ebenfalls keinen Schritt weiter!

Was Nath jedoch besonders fasziniert: diese bei den Leichen vom Täter zurückgelassenen, aus Holz geschnitzten Eichenblätter! Welchen Bezug zur Holzschnitzerei hat der Täter? Und warum gerade ein Eichenblatt? Diese aufgefun-denen Holzschnitzereien sind von Experten eingehend untersucht worden und die einhelligen Aussagen weisen darauf hin, dass es sich bei dem Hersteller dieser Arbeiten um einen ausge-sprochenen Experten, ja sogar um ein großes handwerkliches Talent handeln muss!

Rajesh Nath ist derart in Gedanken versunken, dass er seinen Kollegen, Kriminal-Hauptkommissar Michael *Mick* Severs, gar nicht wahrnimmt, als dieser sein Büro betreten hat.

„Guten Morgen, Rajesh!" grüßt dieser freundlich „Wohl schwer versunken in die Arbeit, Herr Kollege?"

Dabei lächelt er und nimmt auf einem der Stühle am Besprechungstischchen Platz. Severs ist knapp einsneunzig groß, mit sportlich durchtrainiertem Körper. Aus seinem offenen Gesicht leuchtet ein stahlblaues Augenpaar und seine vollen Lippen scheinen immer ein wenig zu lächeln! Er hat spärliches, blondes Haar, welches er kunstvoll und mit großem morgendlichem Aufwand komplett nach vorne frisiert und mit starkem Festiger zu bändigen versucht.

Rajesh stößt sich vom Fensterbrett ab, nimmt Severs gegenüber Platz, deutet mit dem Zeigefinger auf diesen und meint:

„Mick, diese Eichenblätter gehen mir nicht und nicht aus dem Kopf! Ich bin überzeugt, nur über unsere einzigen Beweisstücke von den Tatorten werden wir dieses Monster zu fassen kriegen!"

„Und was," entgegnet Severs „macht dich hier so sicher? Geschnitzte Eichenblätter gibt es sicherlich hunderttausende auf dem Markt, oder?"

„Richtig, Mick" bestätigt Rajesh „aber sicher keines mit solch einem eingebrannten, sonderbaren Mal: zwei krallenartig geformte, wie eben zum Würgen ansetzende Hände! Die Frage bleibt nun: wer hat diesen Stempel angefertigt? Ich meine, möglicherweise können wir über diesen Hersteller in der Sache weiterkommen?"

„Und wenn der Täter diesen Stempel selbst angefertigt hätte?"

„Dann…, ja dann," murmelt Rajesh und starrt über seinen Kollegen hinweg einen imaginären Punkt an der Wand an „dann wird es vermutlich noch viele Opfer geben, lieber Mick! Und dieser Umstand beunruhigt mich doch sehr!"

Die beiden Kriminalisten sitzen nun schweigend in ihren Stühlen und hängen ihren Gedanken nach. Plötzlich zieht Severs hörbar die Luft ein und meint:

„Ich frage mich, wahrscheinlich ebenso wie du auch, warum er seine Opfer ausschließlich erwürgt? Wie viele Morde hatten wir aufgeklärt, wo der jeweilige Täter, auch wenn es sich um einen Serientäter handelte, Schusswaffe, Messer, Machete, Hammer, Gift, etc., etc. einsetzte, um seine Opfer zu Tode zu bringen? Und ich spreche hier nicht von emotional begründeten Tötungen, Rajesh: ich spreche von Morden! Von vorsätzlichen, eiskalt geplanten und ebenso eiskalt ausgeführten Morden! Aber hattest du schon einen solchen Fall, wo der Täter wie nach einem Ritual, wie nach einer einstudierten und unveränderbaren Tötungstechnik vorging?“

Rajesh überlegt und antwortet nachdenklich:

„Ja, du hast recht, lieber Freund! Kann doch sein, dass der Täter vielleicht ein in seiner Jugend gravierendes Gewalt-Erlebnis verarbeiten muss? Und, lieber Mick,“ setzt er hinzu „wenn der Täter krankhaft mordet, dann glaube ich nicht, dass es sich um geplante Taten handelt: er ist ein Triebtäter und dann mordet er emotional, eben…auch für ihn selbst nicht voll absehbar, oder?“

Rajesh beginnt, langsam und mit am Rücken verschränkten Händen im Zimmer auf und ab zu gehen. Nun bleibt er vor seinem noch sitzenden Kollegen stehen, sieht auf ihn herunter und meint:

„Aber, Mick, kannst du mir sagen, wie wir das herausfinden sollen? Hunderttausende Gewalttaten passieren in Familien und von den wenigsten erfährt man, oder? Nein, Mick, ich denke, wir sind zwar auf dem richtigen Weg, aber es hilft uns keinen Schritt weiter!“

Mick bleibt noch einige Sekunden sitzen, dann erhebt er sich und geht zur Türe. Bevor er die Klinke in die Hand nimmt, dreht er sich noch einmal um, nickt kurz und sagt:

„Richtig, Rajesh, richtig! Und trotzdem werde ich jetzt runtergehen ins Archiv und gemeinsam mit den Kollegen einmal alle Akten über häusliche Gewalt mit Würge-Angriffen durchblättern! Kostet ja nichts, ok?“

Rajesh deutet kurz auf ihn, lächelt und meint:

„Das Glück sei dir hold, Herr Kollege! Ich suche mir inzwischen einige Adressen von Holzschnitzer-Ateliers heraus: vielleicht kriege ich dort doch noch den einen oder anderen Hinweis auf unseren schnitzenden Würger!“

Hauptmann

Gestern hat Dieter Schelkens begonnen, nach einer in einem Magazin entdeckten Vorlage das von hunderten Falten und Fältchen zerfurchte Gesicht einer uralten Bäuerin zu fertigen. Diese Arbeit, das ist ihm klar, würde ihn total fordern und erfüllt von Neugier und Tatendrang beginnt er, aus seinem Lager den entsprechenden Rohling auszuwählen. Er hat bereits mehr als zwei Stunden gearbeitet, als er diesen kurzen, schmerzhaften Stich im Kopf verspürt und wie aus weiter Ferne die Hilfeschreie seiner Mutter vernimmt! Und ein unwiderstehlicher Drang zwingt ihn, die Lade links von ihm herauszunehmen. Diese deponiert er auf einem Schemel. Nun beugt er sich weit unter dem Tisch nach hinten und zieht eine zweite, für Uneingeweihte nicht zu entdeckende Lade soweit heraus, dass er ein fertiggeschnitztes Eichenblatt daraus entnehmen kann. Noch einmal greift er tief in die Lade und entnimmt ihr einen elektrischen Brennstempel, den er jetzt mit dem Kabel an der Steckdose neben seinem Arbeitstisch ansteckt. Schon zehn Minuten später ist sein Mord-Symbol in das Blatt eingebrannt. Und Schelkens ist…Hauptmann ge-worden!

Nun holt er aus der Geheimlade ein Paar hellblaue Hygienehandschuhe sowie einen dünnen Plastik-Regenschutz. Danach schiebt er die Lade wieder ganz zurück und setzt davor wieder die erste Lade ein! Schwer atmend versucht er, sich etwas zu beruhigen, während er seine Utensilien in einer Papier-Tragetasche verstaut.

Wie von einem mörderischen Drang ferngesteuert verlässt er sein Haus. Er fährt auf die Autobahn in Richtung Dortmund auf, um dort irgendwo ein weiteres, unschuldiges Leben auszulöschen…

Der Mord

Es ist Dezember und nur mehr zehn Tage bis zum Heiligen Abend. Klaus-Peter Riemann, erfolgreicher Handelskaufmann im Überseegeschäft, hat eben sein Büro in der Innenstadt von Dortmund verlassen, um noch vor 18 Uhr im nahe gelegenen Kaufhaus für Weihnachten einzukaufen. Für seine beiden kleinen Töchter, fünf und sieben Jahre alt, möchte er eine Puppenküche und eine Kinder-Nähmaschine besorgen. Diese Spielzeuge wünschen die Kinder sich vom Christkind und Klaus-Peter möchte das erledigen, ehe ihn der wie immer zu erwartende jährliche Druck vor den Feiertagen in ernstliche Zeitnot bringen würde! Für seine Frau Mia war er schon beim Juwelier gewesen und hat für sie ein wunderschönes Collier besorgt.

Nun läuft er über die Hauptstraße hinüber zur Bushaltestelle: für die paar hundert Meter will er keineswegs den Wagen aus der Bürohaus-Garage holen: mit dem öffentlichen Verkehrsmittel kommt er wesentlich schneller zum Ziel und einen Parkplatz muss er auch keinen suchen!

Im Kaufhaus hat er nach kurzer Zeit die Spielsachen ausgewählt, an der Kassa bezahlt und steht nun auf der Rolltreppe nach unten zum Hauptausgang. Plötzlich verspürt er einen starken Drang in der Blase und sieht sich im Erdgeschoss nach den Kundentoiletten um. Schon hat er das Hinweisschild erblickt, öffnet die grau-lackierte Stahltüre und begibt sich über einen langen, menschenleeren Flur nach hinten zu den Toiletten. Er betritt den Raum, deponiert die Spielsachen auf einer gegenüber den Waschtischen montierten Ablagefläche und geht weiter zu den Urinalen. Als er zu den Waschtischen zurückkommt, steht an einem der Waschtische ein mindestens eins neunzig großer Mann im dunklen Mantel. Ein wenig verwundert bemerkt Klaus-Peter, dass der Mann über seinem Mantel eine im Volksmund genannte Wetterhexe, also einen dünnen Kunststoff-Regenschutz trägt! Dazu hat er eine hellgraue Schiebermütze auf. Klaus-Peter kann im Spiegel das Gesicht des Mannes, der seine Mütze weit ins Gesicht gezogen hat, nicht erkennen.

Es ist Willy Hauptmann, dessen rasender Puls ihn seine Erregung kaum verbergen lässt! Klaus-Peter beginnt, sich die Hände zu waschen, der Mann neben ihm ist fertig, tritt vom Waschtisch zurück und schickt sich an, hinter Klaus-Peter vorbei die Toilette zu verlassen. Dieser schüttelt das Wasser von seinen Händen und möchte ein Papierhandtuch aus dem Spender ziehen, als sich plötzlich von hinten zwei Hände wie Schraubstöcke um seinen Hals legen und diesen mit unglaublichem Druck zuschnüren! Der Schock und die Überraschung sind so groß, dass Klaus-Peter zuerst überhaupt keine Reaktion zeigt! Jetzt aber beginnt er, um sein Leben zu kämpfen! Hauptmann hat nun die eine Hand vom Hals seines Opfers gelöst, dadurch jedoch gibt die schreckliche Kralle um nichts nach! Jetzt hat Hauptmann seinen freien Arm um Klaus-Peters

Brustkorb gelegt und presst diesen ebenfalls mit aller Kraft zusammen!

Wie das jeder angegriffene Mensch tun würde, versucht auch Klaus-Peter mit beiden Händen, die mörderische Umklammerung zu lösen, aber er muss feststellen, dass diese Hände in nassen Gummi-Handschuhen stecken und er dadurch immer wieder abrutscht! Und wie er auch kämpft, wie er um sich tritt, die Klammer löst sich nicht und Klaus-Peter wird es langsam schwarz vor den Augen! Nun schleppt Hauptmann ihn, ohne seinen tödlichen Griff zu lösen, in eine der Kabinen und stößt mit der Schulter die Türe hinter sich zu. So als hätte er es gewusst, wird eben die Eingangstüre geöffnet und jemand betritt den Waschraum. Klaus-Peter ist schon nicht mehr in der Lage, sich zu wehren: leblos hängt er in Hauptmanns Armen, dieser hat nun sein rechtes Bein wie einen Gurt um die Beine seines Opfers gelegt! Er muss absolut sicher sein, dass sein Opfer ihn keinesfalls durch eine reflexartige Bewegung mit einem Tritt gegen Trennwand oder Türe noch verraten könnte!

Der Kunde hat sein Geschäft erledigt, sich die Hände gewaschen und die Toilette verlassen. Hauptmann hält sein bereits totes Opfer noch immer an sich gedrückt. Nun lässt er es nach unten gleiten, setzt es auf die Schüssel und lehnt den leblosen Körper vorsichtig rückwärts an die Wand. Sein Atem geht noch keuchend, da er in der Kabine wegen des Kunden im Waschraum

gezwungen war, für längere Zeit nur ganz flach zu
atmen!

Jetzt richtet sich Hauptmann auf, greift in
die linke äußere Manteltasche und holt sein
geschnitztes Etui hervor. Er öffnet es, entnimmt
ihm seine hölzerne Eichenblatt-Trophäe, in welcher auf der linken unteren Seite das grausige
Synonym seiner Tötungs-Art eingebrannt ist. Er
legt das Schnitzprodukt vorsichtig auf die rechte
Schulter seines Opfers. Dann entledigt er sich des
Regenschutzes und der Handschuhe. Er öffnet die
Türe, tritt hinaus, zieht sich seine Mütze wieder
ganz tief ins Gesicht und verlässt unauffällig das
Kaufhaus. Seinen Regenschutz-Mantel sowie die
blauen Handschuhe wirft er verteilt in verschie-
dene Jumbo-Restmüllcontainer in mehreren Haus-
fluren auf dem Weg zu seinem in der Bahn-
hofgarage geparkten Wagen.

Die Ermittler

Das Telefon auf Rajeshs Tisch klingelt. Er hebt ab und es meldet sich die Stimme eines Kollegen aus Dortmund:

„Hallo, hier ist Inspektor Stölzheimer vom Mord-Dezernat Dortmund! Wir haben da einen neuen Mordfall: ein Mann wurde in einer Kaufhaus-Toilette erwürgt aufgefunden!"

„Na, bestens!" meint Rajesh emotionslos „Als hättet ihr nicht schon Arbeit genug, oder?"

Sein Gesprächspartner lacht kurz auf und entgegnet:

„Aber ja! Unser Geschäft, das läuft halt immer, wie? Naja, ich rufe deshalb an, weil wir auf der Leiche ein hölzernes, ein geschnitztes Eichenblatt gefunden haben! Und soweit ich informiert bin, lauft Ihr da drüben in Paderborn diesem Eichenblatt-Mörder doch schon längere Zeit hinterher, oder?"

Rajesh stockt der Atem: sein Mörder arbeitet jetzt bereits in Dortmund? Und er hinterlegt, wie immer, als seine Visitenkarte diese Holzschnitz-Arbeit! Das wäre nun schon der dritte Mord, der auf das Konto dieses Irren ginge?

„Sind Sie noch da?" meldet sich Stölzheimer.

„Aber sicher, Herr Kollege!" antwortet Rajesh sofort „Wie sieht das aus: hättet ihr etwas dagegen, wenn ich morgen mit einem Kollegen nach Dortmund komme und wir schauen uns die von euch gesicherten Spuren einmal an? Könnte uns vielleicht weiterhelfen!"

„Aber gerne!" bestätigt Stölzheimer „Mit Spuren schaut´s ja nicht eben super aus, aber immer willkommen in der drittgrößten Stadt von NRW! Wir erwarten Euch gerne!"

„Ich gebe Ihnen per E-mail Bescheid, wann ca. wir ankommen werden, ja?"

Man verabschiedet sich und Rajesh ruft seinen Kollegen Mick zu sich ins Büro:

„Mick, unser Freund hat zugeschlagen…"

„Was, schon wieder?" ruft Mick überrascht „Das wäre ja dann der…"

„Richtig, Mick, richtig! Der dritte Eichenblatt-Mord und wo, meinst du, hat er zugeschlagen?" Er wartet Micks Antwort gar nicht ab und fährt fort: „In Dortmund, lieber Freund, drüben in Dortmund, mit Eichenblatt und darum haben uns die dortigen Kollegen gleich verständigt! Schauen wir, dass wir morgen zu Mittag dort sein können: die Kollegen helfen uns, soweit möglich, gerne weiter!"

Der Dortmund-Fall

Rajesh und sein Kollege Kommissar Severs sind in Dortmund eingetroffen und direkt ins Polizeigebäude gefahren. Dort geht man nach einer kurzen Begrüßung sofort in medias res und die Herren aus Paderborn sehen sich sämtliche bereits vorbereiteten Tatort-Beweisstücke durch: aber das sind erklecklich wenige! Wieder liegt vor den Beamten wie zum Hohn die kunstvolle Schnitzarbeit des Mörders, das Eichenblatt mit dem eingebrannten Gewalt-Symbol des Todes! Dazu gibt es Beweisfotos, die einige schwarze Streifen auf der Trennwand der Toilette und auf dem Türblatt zeigen. Augenscheinlich Abriebe von Schuhsohlen, die während des Kampfes entstanden sein dürften! Sicher ist, dass diese Spuren von dem Schuh des Mörders stammen müssen, von denen des Opfers rühren sie nicht her. Weiter jedoch gibt es keinerlei festgestellte Spuren: keine fremden Fasern an der Kleidung und auch keine Hautpartikel unter den Fingernägeln des Opfers!

„Wann genau ist Ihrer Meinung nach der Mord passiert?“ fragt Rajesh den Kollegen Stölzheimer.

„Nachdem der Leichnam am Mittwoch, also vorgestern, erst abends von dem Reinigungs-Personal aufgefunden worden ist, können wir mit Sicherheit sagen, dass die Tat zwischen dem letzten Reinigungs-Besuch, der um 17 Uhr 20 eingetragen ist, und der Abendschicht erfolgte!“

„Dürfen wir den Tatort nochmals aufsuchen?" fragt Rajehs „Ich nehme an, dass Sie diese Toiletten-Anlage weitgehend gesperrt halten?"

„Natürlich, Herr Kollege!" meint Stölzheimer „Es sind nur zwei Kabinen für die Benützung zugänglich! Ab diesem Bereich ist alles gesperrt!"

Leichter Schneefall hat eingesetzt, es herrscht dichter Verkehr und trotzdem treffen die Herren schon nach 20 Minuten am Tatort ein, Rajesh und sein Kollege sehen sich um und Letzterer beginnt zu kombinieren:

„Der Leichnam war in angekleidetem Zustand aufgefunden worden. Also dürfte ihn der Täter vielleicht beim Händewaschen überfallen haben? Dann muss er ihn sofort in die Kabine hineingezogen und dort erwürgt haben: die Gefahr, dass ihn jemand bei seiner Tat überrascht, wäre doch zu groß gewesen, was meinst du, Rajesh?"

Dieser steht unbeweglich da, den Blick auf den Boden gerichtet und antwortet nicht gleich: er scheint in Trance verfallen zu sein, Severs kennt ihn schon und wartet geduldig ab. Nun blickt Rajesh auf und meint sinnierend:

„Das muss man sich ja einmal vorstellen, Mick: da bringt einer jemanden in einer Toilettenkabine um, keine zwei Meter von anderen Toilettenbesuchern entfernt! Und natürlich muss er ihn, während er ihn erwürgt, ja irgendwie ruhigstellen, oder? Also muss er verhindern, dass sein Opfer in seinem Todeskampf vielleicht mit den Beinen strampelt, mit den Armen rudert und an die Kabinenwand stößt?"

Er betritt nun die Kabine, in der die Tat stattgefunden hatte und winkt seinem Kollegen, ebenfalls hereinzukommen, was dieser etwas erstaunt tut. Nun tritt Rajesh hinter Mick, legt seinen linken Arm über Micks Schulter nach vorne und umfasst mit der Hand dessen Hals, mit dem rechten Arm fixiert er Micks Arme, indem er den Arm von hinten um dessen Brustkorb legt und ihn so hält. Nun meint er:

„So, mein Freund, jetzt kann ich dich erwürgen, aber was ist mit deinen Beinen? Wenn du nun strampelst, tu dies doch bitte einmal, ja?, kann uns jeder, der sich im Waschraum aufhält doch hören oder?"

Mick hat begonnen, mit den Beinen leicht gegen die Kabinenwand und gegen die Türe zu stoßen. Es wäre unmöglich, dass man dieses Klopfen außerhalb der Kabine nicht hören könnte!

Nun umfängt Rajesh Micks Beine mit seinem rechten Bein und arretiert sie solcherart. Wie Mick sich auch bemüht, je mehr er versucht, zu kämpfen, desto mehr verstärkt Rajesh seine Umklammerung!

Rajesh löst nun seine Fixierung, die beiden Herren treten aus der Toilette hinaus, beide sind noch etwas atemlos und nach einigen Sekunden meint Rajesh:

„So und nicht anders muss der Mord abgelaufen sein, Mick, wie siehst du das?"

Kommissar Stölzheimer hat die ganze Szene beobachtet, nickt anerkennend und bestätigt:

„Mein lieber Kollege, das war jetzt aber ausgezeichnet recherchiert! Zwar hilft uns das auch nicht viel weiter, aber wir haben bestätigt, dass dieser Verrückte bereit ist, erstens an jedem Ort und zweitens äußerst kaltblütig vorzugehen!"

Man kehrt ins Büro zurück und es gibt noch eine abschließende Besprechung mit Kaffee und Keksen. Und mit der Zusicherung aller, in dieser Angelegenheit natürlich verstärkt zusammenarbeiten zu wollen, machen Rajesh und Mick sich auf den Weg zurück nach Paderborn!

Hauptmann

Es ist frühlingshaft draußen: die Temperaturen liegen so um die 22 Grad und von den meisten Menschen wird der Tag in einer gewissen Hochstimmung begonnen!

In seinem Gartenschuppen sitzt Dieter Schelkens vor einer Vorlage für eine neue Schnitzarbeit und überlegt eben intensiv, wie er dieses Motiv perfekt umsetzen kann, als mit einem Mal eine Hitzewelle und ein bohrender Schmerz seinen ganzen Körper durchfährt! Und als er jetzt die Hilfeschreie seiner Mutter hört, streckt sich sein Kreuz durch, er wirft seinen Kopf mit verzerrter Miene zurück, so als müsste er sich gegen eine unsichtbare Kraft stemmen! Ein unartikuliertes, lautes Röcheln entringt sich seiner Kehle und mit furchterregendem Blick erhebt er sich: er ist Hauptmann geworden! Innerhalb weniger Minuten hat er sein Todes-Symbol, die krallenartig geformten Hände, in ein bereits fertig geschnitztes Eichenblatt gebrannt. Und noch ehe sich der Geruch des verbrannten Holzes aus der Werkstatt ganz verzogen hat, hat Hauptmann sein Haus verlassen und lenkt seinen Wagen in Richtung Innenstadt. Draußen gehen die Menschen bereits luftig und leicht gekleidet, die Kinderspielplätze sind voll, jede Menge Radfahrer und motorisierte Biker sind unterwegs!

Und unter den tausenden fröhlichen Menschen spaziert auch der psychisch kranke Mörder Willy Hauptmann mit seinem Eichenblatt, ungebremst getrieben von seiner todbringenden Sucht, irgendjemandem noch heute, und das möglichst bald, das Leben nehmen zu müssen…

Der Mord

Die in Bad Driburg jährlich zweimal statt-
findende Kirmes ist immer eine absolute Attrak-
tion, nicht nur für die ortsansässige, sondern auch
für die Bevölkerung der umliegenden Gemeinden!
Ringelspiele, Autodrom, Schießbuden, Zauber-
Vorführungen, etc. werden von den Besuchern
gerne frequentiert. Alle diese Belustigungen werden pausenlos untermalt von aus allen möglichen
Lautsprechern plärrender Musik. An typischen
Verkaufsständen werden Pommes, gesalzener
Spiral-Rettich, Würstchen, Cremerollen und Leb-
kuchenherzen angeboten und auch fleißig konsu-
miert!

Die elfjährige Lea Stenkovich hat sich mit
ihrer gleichaltrigen Freundin Minnie Fraudrich
unter die Besucher gemischt: die Eltern der beiden
Mädchen sind im Bierzelt geblieben und haben
ihnen erlaubt, ein wenig umher zu flanieren.
Natürlich mit der strengen Auflage, das Kirmes-
Areal keinesfalls verlassen zu dürfen und sich von
keinem Fremden ansprechen zu lassen! Die beiden weißblonden Mädchen verweilen eben an
einem Stand, an dem man kleine Holzkugeln in
schräg angebrachte Blech-Eimer werfen muss und
die Kugeln aus den Eimern nicht mehr zurück-
springen dürfen! Eine Gruppe von Ehepaaren
vergnügt sich eben in der Kunst des Werfens, es
gibt ein großes Hallo, wenn es einem der Werfer
gelingt, von den fünf Kugeln auch nur eine
einzige im Kübel unterbringen zu können!

Die Eltern der beiden Mädchen haben ihnen ein wenig Geld mitgegeben und so entscheiden die zwei, sich ebenfalls im Werfen zu versuchen! Als erste ist Millie dran, keine einzige Kugel verbleibt im Eimer und nun ist Lea an der Reihe. Sie hat den Werfern vor ihr genau zugesehen und ihr gelingt es doch, von den fünf Kugeln drei richtig im Eimer zu platzieren! Beide freuen sich riesig, als ihnen der Schaubudenbetreiber jetzt zwei Preise aushändigt: jedes Mädchen erhält eine ca. 20 cm große Clown-Puppe!

Als sich die beiden mit ihren Gewinnen von der Bude abwenden, steht plötzlich ein großer, dunkelhaariger Mann mit hellgrauer Schiebermütze neben ihnen und fragt mit unangenehmer, heiserer Stimme:

„Na? Das habt ihr aber gut gemacht, Mädels! Ich hätte auch gerne so eine Puppe, nämlich für Inga, meine kleine Enkelin! Sie ist in eurem Alter und ich sollte ihr heute Abend etwas von der Kirmes mitbringen!"

Lea und Millie sind jetzt unsicher: wie sollen sie sich verhalten? Sie sind erzogen, nie mit einem fremden Mann zu sprechen! So als wüsste der Fremde um die Unsicherheit der beiden Mädchen Bescheid, setzt er hinzu:

„Ganz sicher werdet ihr euch fragen, warum meine kleine Inga denn nicht selbst zur Kirmes kommt? Nun, das sollt ihr auch gleich erfahren..." er unterbricht sich, macht ein extrem ernstes Gesicht mit einer steilen Falte über der Nase und fährt fort: „...Inga ist gelähmt, müsst ihr wissen!

Sie…sie sitzt im Rollstuhl und es ist ihr leider nicht möglich, ihr Haus zu verlassen!“

Er nickt dazu mit trauriger Miene und hat seine Hände, es sind riesige, klobige Hände, wie ein Geistlicher vor dem Bauch verschränkt.

Lea und Minnie sehen sich unschlüssig an: sie drücken ihre Clown-Puppen verlegen an sich und sind ein wenig verwirrt! Aber sie haben die gleichen kindlichen Gedanken und Minnie sagt:

„Naja, wir glauben, dass wir Ihrer Inga einen von unseren Clowns schenken, ja? Wir brauchen ja nicht zwei davon und Inga wird sich sicherlich darüber freuen!“

Sofort erhellt sich das Gesicht des Fremden und er ruft:

„Das ist ja toll von euch, Mädels! Aber…“ er unterbricht sich, macht ein verzweifeltes Gesicht und meint: „ich kann mir vorstellen, dass Inga es wahnsinnig toll fände, würdet ihr beide ihr diesen Clown persönlich übergeben, findet ihr nicht auch?“

Diese Suggestiv-Frage verwirrt die beiden Mädchen noch mehr! Der Fremde weiß natürlich, dass die beiden mit sich kämpfen und setzt rasch hinzu:

„Inga wohnt gleich gegenüber vom Haupteingang, dort seht ihr? Dieses gelbe, große alte Haus! Ihr könntet Inga glücklich machen, würdet ihr sie kurz besuchen!“

Noch immer sind die Mädchen unsicher und die Ermahnungen ihrer Eltern haben sie klar vor Augen. Aber in ihrem kindlichen Mitleid und ein wenig Neugier sehen sie auch, dass sie mit ihrem Besuch einem kranken, behinderten Mädchen ihr schweres Leben ein wenig aufhellen könnten! Noch einmal sehen sie sich kurz an, dann meint Lea:

„Also, eigentlich dürfen wir nicht mit Ihnen mitgehen, aber das wird ja nur kurze Zeit dauern und wir sind gleich wieder auf der Kirmes zurück, ja?"

Die Augen des Fremden werden groß, er lächelt ganz freundlich, nimmt Lea und Minnie an je einer Hand und geht mit ihnen hinaus, über die Straße und betritt das Stiegenhaus des bezeichneten Altbaues. Nachdem das schwere Eingangstor hinter ihnen zugefallen ist, bleibt der Fremde plötzlich vor den ersten Stufen des Aufganges stehen und blickt die beiden Kinder an. Nun nimmt er aus seiner rechten Manteltasche ein Paar blaue Sanitätshandschuhe und streift sie blitzschnell über! Sein Gesicht hat nun einen unheimlichen, harten Ausdruck angenommen, seine Augen haben sich zu schmalen Schlitzen zusammengezogen und er beginnt plötzlich, unkontrolliert, laut und rasch zu atmen! Instinktiv spüren die beiden Mädchen die große Gefahr, die von diesem Fremden ausgeht! Sie drehen sich um wollen zum Eingangstor zurücklaufen! Weit aber kommen sie nicht: mit zwei, drei Sätzen ist er bei ihnen, seine beiden riesigen Hände packen je ein Mädchen vorne an der Gurgel und ersticken ihre Hilfeschreie im Ansatz! Jetzt hebt er die leichten Körper hoch, presst sie links und rechts an seinen

Körper und drückt erbarmungslos zu! Vor Aufregung und Lust keucht der Mann, während in seinem mörderischen Griff die zwei Kinderkörper zucken und verzweifelt mit den Beinen strampeln! Ihre beiden Clown-Puppen fallen nacheinander zu Boden, und mit ihren kleinen Händen versuchen sie völlig chancenlos, sich aus dem furchtbaren Griff zu befreien! Nun wird ihr Todeskampf schwächer und unter dem grausigen Druck erlöschen ihre jungen Leben!

Schwer atmend und mit geschlossenen Augen steht der Mörder noch eine ganze Weile so da, die kleinen, leblosen Leiber einer Beute gleich an sich gepresst. Während er dann die leblosen Körper zu Boden gleiten lässt, horcht er in das Stiegenhaus, aber niemand betritt oder verlässt das Haus. Nun holt er ein Jacaranda-Etui aus der linken Manteltasche, öffnet es und entnimmt ihm ein handgeschnitztes Eichenblatt. Er betrachtet es lange, seine Arbeit fesselt ihn mehr als die soeben verübte Mordtat! Jetzt scheint er zu überlegen: bisher war er immer nur mit einem Opfer beschäftigt gewesen, heute jedoch bräuchte er unvorhergesehen zwei Eichenblätter! Gleich aber hat er sich entschieden: er rückt die beiden leblosen Körper seitlich liegend knapp aneinander, so knapp, dass er je einen ihrer Arme um den Körper des anderen Mädchens legen kann! Und genau dort, wo ihre Arme sich kreuzen, dorthin legt er seine Mord-Trophäe!

Natürlich hatte er das Haus vor dem Mord ausspioniert und er weiß, dass sich in diesem Haus zu 90 Prozent Büros befinden, die an Wochenenden natürlich geschlossen sind! Also durfte er annehmen, dass ihn bei seinem schrecklichen Tun mit großer Sicherheit niemand stören würde!

Jetzt bleibt er noch einige Sekunden vor den beiden toten Kindern wie zum Gebet stehen und verzieht sein Gesicht zu einer leidenden Grimasse. Jetzt streift er Regenschutz und Handschuhe ab. Dann wendet er sich zum Gehen. Er schließt das große Tor hinter sich, unauffällig prüft er, ob ihn jemand beobachtet, aber alleine schon der Lärm auf dem gegenüber liegenden Rummel-Platz lenkt die Blicke aller Vorbeigehenden überhaupt nicht auf das alte Haus!

Der Mörder geht ohne aufzufallen mit gleichmäßigem Schritt den Gehsteig entlang und biegt nun nach links in die dritte Quergasse ein, wo er seinen Wagen geparkt hat. Als er den Schlüssel aus der Manteltasche nimmt, verspürt er ein Brennen am Handrücken der rechten Hand: also muss ihn eines der Mädchen in ihrem Todeskampf wohl gekratzt haben und zwar durch den Kunststoff-Handschuh hindurch! Er steigt ein, startet und fährt nach Hause. Dort angekommen, begibt er sich sofort in den Keller und nimmt die Handschuhe aus der Tasche: unter dem starken Strahl der Lampe über der Arbeits-Platte untersucht er die Handschuhe und sofort fällt ihm auf dem Rücken des Handschuhes für die rechte Hand ein kleines Loch, oder besser noch, ein ca. zwei Zentimeter langer Riss auf! Jetzt betrachtet er die Verletzung an seiner Hand und muss feststellen, dass das Mädchen ihn im Todeskampf ganz schön verletzt hatte! Es ist eine starke Hautabschürfung, das Blut an der Wunde ist schon leicht angetrocknet! Und der Mörder weiß jetzt: sein Opfer muss Blut und sicherlich auch Hautpartikel unter den Fingernägeln haben! Sein Blut! Fetzen *seiner* Haut!

Unbändiger Zorn überfällt ihn plötzlich! Sein Gesicht verzerrt sich zu einer wilden Grimasse, die Augen scheinen aus den Höhlen zu treten und wie gehetzt rennt er in der Werkstatt hin und her! Er bläst die Luft aus den Lungen durch seine verzerrten Lippen wie aus einem Schornstein hinaus in den Raum und plötzlich bleibt er abrupt stehen! Mit irrem Blick sieht er sich um, so als stünden seine Verfolger bereits hinter ihm in der Werkstatt! Und mit einem Mal sinkt er in sich zusammen, energie- und kraftlos liegt er mitten im Raum auf dem Fußboden! Ein lautes Stöhnen entringt sich seiner Kehle, das Stöhnen wird zu einem Gurgeln, dann zu einem keuchenden Schrei! Jetzt packt er sich mit beiden Händen selbst an der Gugel und drückt zu: sofort erstirbt sein Schrei und nun erlebt der Mörder die letzten Augenblicke seiner Opfer am eigenen Leib! Schon wird ihm schwarz vor den Augen, seine Beine zucken konvulsivisch und sein ganzer Körper windet sich wie im Todeskampf auf dem Fußboden der Werkstatt!

Kurz, bevor er sich selbst in eine Ohnmacht bringt, lockert er aus reinem Selbsterhaltungstrieb die Umklammerung an seinem Hals und sofort strömt reine Luft in seine Lungen! Er kommt wieder ganz zu sich, setzt sich auf und verbleibt in dieser Position, die Arme seitlich auf dem Boden abgestützt! Und es ist unglaublich: keinen einzigen Gedanken verschwendet er an die beiden eben erst ausgelöschten jungen, unschuldigen Leben: der grausame Doppelmord in dem alten Haus gegenüber der Kirmes hat in seinem Gedächtnis schon keinen Platz mehr…

Dieter Schelkens blickt verstört um sich, er atmet jetzt in langen Atemzügen tief aus und ein, er weiß, dass er die Entspannung durch das Ausatmen erreichen wird und so ist es auch: nach zwei, drei Minuten ist er wieder ganz klar im Kopf, er richtet sich auf, geht zu seinem Arbeitstisch und nimmt Platz. Jetzt haben sich seine Hände um ein Stück Buchenholz gelegt, er nimmt es hoch und hält es an seinen Mund, so als ob er es küssen möchte! Seine Augen sind wie in Trance geschlossen, die Gedanken werden frei, er öffnet die rechte Schublade und entnimmt ihr einen Bogen beiges Papier, auf dem er die Skizze eines Shetland-Ponys angefertigt hat. Er legt den Bogen vor sich auf die Arbeitsplatte, darauf das Stück Holz und beginnt intensiv zu überdenken, wie er seine neue Arbeit beginnen soll!

Die Ermittler

Kommissar Rajesh Nath liegt total erschöpft auf seinem Ruhesofa im Wohnzimmer. Drei Fälle sind es, die ihm in den letzten Wochen beinahe körperliche Schmerzen bereiten: eine Bande skrupelloser Übeltäter machen die Stadt und ihr Umfeld unsicher. Fast täglich treffen in seiner Dienststelle Anzeigen von brutalen Raubüberfällen auf Fußgänger und auf Autofahrer, von Einbrüchen mit schweren Körperverletzungen, sowie Überfälle mit Waffengewalt auf Tankstellen ein! Dazu beschäftigt ein augenscheinlich sexuell verwirrter Mann ihn und seine Kollegen: der Mann macht sich in der Dunkelheit an Frauen, die an Bus-Haltestellen warten oder alleine unterwegs sind, heran und berührt sie unsittlich! Aber größten Stress bereitet Rajesh die unheimliche Mordserie dieses verrückten Schnitzers! In den beiden anderen Fällen haben die Kollegen bereits eine Menge Beweise erarbeiten und sortieren können. Und Rajesh weiß aus langjähriger Erfahrung, dass sie diese Bande und den durchgedrehten Sexual-Täter über kurz oder lang dingfest machen werden! Aber zu diesen Eichenblatt-Morden gibt es, abgesehen von den zurückgelassenen Eichenblättern, keinen einzigen, weiterführenden Beweis!

Rajesh steht auf, um sich eine Dose Bier aus der Küche zu holen. Auf halbem Wege dorthin meldet sich sein Mobiltelefon. Rajesh nimmt das

Gespräch an, das Display zeigt ihm Micks Nummer und er fragt gleich:

„Na, Herr Kollege, haben deine Stöbereien im Archiv doch etwas gebracht?"

Aber Mick antwortet nicht sofort: einige Sekunden schweigt er, dann sagt er mit ernster Stimme:

„Rajesh! Unser kranker Schnitzer hat schon wieder zugeschlagen! Auf der Kirmes heute am späten Nachmittag…"

„Auf einer Kirmes?" unterbricht Rajesh ihn ungläubig.

„Richtig, Rajesh! Auf der Kirmes in Bad Driburg!" bestätigt Mick und seine Stimme wird plötzlich leise „Es…es sind zwei kleine Mädchen, Rajesh! Zwei elfjährige Mädchen und er hat sie erwürgt, so wie er es mit all seinen anderen Opfern getan hatte! Und seinen geschnitzten Gruß, den hat er ebenfalls hinterlassen!"

Einige Sekunden bleibt es still in der Leitung, nur die schweren Atemzüge der beiden Männer sind zu vernehmen! Hier gibt es keine Frage des Zweifels, kein *Wie?-* und kein *Was?-* Herumreden: die Ungeheuerlichkeit der Nachricht lässt keinen Raum für Ungläubigkeit!

„Tatort genau?" fragt Rajesh kurz angebunden, nachdem er die Nachricht vorerst einmal amorph erfasst hat.

„Im Flur des Hauses in der Van Vincke Straße Nr. 34, exakt gegenüber dem Haupteingang zur Kirmes!" gibt ihm Mick bekannt.

Rajesh blickt kurz auf seine Armbanduhr:

„Ich bin in 20 Minuten dort!" kündigt er seinem Kollegen an „Ich nehme an, du hast bereits alles entsprechend organisiert?"

„Natürlich, Rajesh!" erwidert Mick „Die Crew ist schon am Tatort! Wir sehen uns!"

Auf der Kirmes geht es, trotz bereits vorgerückter Sonntagnachmittag-Stunde noch laut her. Rajesh parkt seinen Wagen im Halteverbot, genau vor dem gelben Altbau. Mick erwartet ihn bereits vor dem Tor und sie betreten das Stiegenhaus. Links vom Eingang ist eine für diese Zwecke mitgeführte Plane über die beiden Mädchenleichen gebreitet. Trotzdem die beiden Männer schon einiges an schlimmen Szenen erlebt haben, ist ihnen nicht gut! Rajesh wird ein bisschen schlecht, er weiß, dass er nun gleich die Plane lüften wird müssen! Er bleibt im Flur stehen, sieht sich auch den erweiterten Tatort kurz an, bevor er an die beiden Opfer herantritt. Er bückt sich und hebt mit der Rechten die Plane nur ein wenig, gerade hoch genug, um die beiden grauen Kindergesichter zu sehen! Sofort lässt er die Plane wieder fallen, richtet sich auf und atmet ein paar Mal tief durch! Sein Kollege Mick steht daneben, er möchte sich diesen Anblick ersparen, aber er weiß, er muss sich mit dem grausigen Bild ebenso abfinden wie Rajesh!

Danach stehen die beiden Männer neben den Leichen, die Kollegen der Spurensicherung arbeiten professionell und auch sie zeigen ein für die beiden Kommissare etwas ungewöhnliches Verhalten bei ihrer Arbeit! Vielleicht sind sie leiser, oder sie arbeiten mit besonderer Vorsicht und zwischen ihnen fällt, was sehr ungewöhnlich ist, kein einziges Wort!

„Wie lange wird es etwa noch dauern?" fragt Mick leise einen der Ermittler.

Der Mann im weißen Hygiene-Schutzanzug, der eben die Wände im Flur mit einer starken Lampe nach Spuren absucht, hält inne, blickt Mick einige Sekunden starr an und antwortet mit belegter Stimme:

„Das kann ich noch nicht sagen, Herr Severs, aber eines weiß ich sicher: sollte dieses Dreckschwein auch nur die geringste Spur hinterlassen haben, wir werden sie sichern, und wenn wir die ganze Nacht hier durcharbeiten müssen, das darf ich Ihnen zusagen!"

Am nächsten Tag bekommen Rajesh und Severs die vorläufigen Ergebnisse der Spurensicherung auf den Tisch. Außer dem obligaten Eichenblatt gibt es das erste Mal auch eine weitere, ganz wichtige Spur: eines der Mädchen muss seinen Mörder verletzt, ihn gekratzt haben! Rajesh und Mick sind total aufgeregt: unter den Fingernägeln eines der Opfer hat man nicht nur winzige Material-Partikel von Hygiene-Handschuhen, sondern auch Hautpartikel sichern können! Rajesh sieht von dem Bericht auf und sagt aufgeregt zu Mick:

„Kollege! Das riecht nach Fortschritt! Wir haben etwas von ihm, etwas ganz, ganz Wichtiges! Wenn wir Glück haben, wird uns die DNA helfen herauszufinden, um wen es sich bei dem Mörder handelt!"

Erleichtert lässt er sich Mick gegenüber in seinen Stuhl zurücksinken und fixiert seinen Kollegen gegenüber! Dieser hat natürlich eine Kopie des Berichtes durchgesehen und meint, nachdem er einen tiefen Seufzer losgelassen hat:

„Rajesh, Rajesh! Wenn wir wirklich das große Glück haben, ihn über seine DNA zu fassen kriegen, dann, lieber Kollege, dann bin ich nach 40 Jahren wieder einmal bei der Sonntagsmesse dabei!"

Aber die Hoffnung der beiden Spezialisten erfüllt sich nicht: zwei Tage nach dem Doppelmord flattert unpersönlich und niederschmetternd die Nachricht aus dem Labor auf Rajeshs Tisch: es gibt keinerlei Übereinstimmung in der riesigen DNA-Datenbank! Die beiden sind richtiggehend am Boden zerstört! Ihre etwas zu voreilige Hoffnung trug sie die beiden letzten Tage auf einer rosafarbenen Wolke und jetzt das!

Mick geht in Rajeshs Büro gedankenversunken auf und ab, Rajesh wiederum starrt auf den vor ihm liegenden Bericht. Mick ist nun stehengeblieben und meint:

„Also haben wir es mit einem Unbescholtenen zu tun, Rajesh! Das erschwert unsere Arbeit aber gewaltig!"

Er nimmt in einem der Besucher-Stühle Platz und starrt seinen Kollegen verzweifelt an. Dieser nickt zustimmend und bestätigt:

„Genau, Mick, ganz genau! Und darum müssen wir, damit dieser Verrückte nicht mehr länger weitermorden kann, um weitere Zusammenhänge bemüht sein: wir haben als einziges Beweisstück diese geschnitzten Eichenblätter mit dem eingebrannten Würge-Symbol. Nachdem wir von Fachleuten aufgeklärt wurden, dass es sich bei den Eichenblättern um exzellente Schnitzarbeiten handelt, müssen wir in dieses Metier weiter hineinstoßen! Siehst du das ebenso?"

Mick nickt langsam, nachdenklich und antwortet:

„Erstens: wieviele Holzschnitz-Betriebe gibt es wohl in Deutschland? Ich denke, einige Hunderte, oder? Aus jedem einzelnen Betrieb müssen wir Informationen herausholen und zwar: welchem Angestellten traut die jeweilige Firmenleitung solch brillante Arbeit zu? Ist derjenige noch im Betrieb oder nicht mehr angestellt? Zweitens: Über die Medien müssen wir auf dieses Schnitztalent hinweisen, seine Arbeit exakt beschreiben! Drittens: wir wissen nun, dass der Mörder bei seinen Taten hellblaue Hygiene-Handschuhe trägt! Also, kann sich jemand erinnern, gesehen zu haben, wie ein Kunde solche hellblauen Schutzhandschuhe kaufte? Schließlich ist hellblau für solche Hygiene-Handschuhe nicht unbedingt eine gängige Farbe, oder? Also…," er unterbricht sich, denkt noch kurz nach und fährt fort: „…das wird eine Menge Arbeit, Rajesh, aber ich denke, es hat schon Kriminalfälle mit mehr

Aufwand zur Ergreifung der Täter gegeben, oder?"

Rajesh nickt und meint dazu:

„Leider habe wir keine Beschreibung des Täters! Das würde uns schon mehr weiterhelfen! Ich werde morgen den Betreiber dieses Schieß-Standes befragen: könnte der Mörder mit den beiden Mädchen vielleicht an seinem Stand vorbeigegangen sein, als der den Rummel verließ, meinst du nicht auch?"

Am nächsten Morgen macht Rajesh sich auf die Suche nach der Adresse des Schaubuden-Eigners, einem gewissen Guido Wertkins. Auf dem Amt erfährt er, wo dieser gemeldet ist, sofort macht er sich auf den Weg dorthin und trifft den Mann auch an. Anfangs wirkt der Mann höchst misstrauisch, Fahrgeschäft-Betreiber fürchten immer, mit den Behörden Schwierigkeiten zu bekommen: dies stört ihr Geschäft immens! Nachdem Rajesh ihn über den Grund seines Besuches aufgeklärt hat, ist der Mann wie ausgewechselt und bittet Rajesh in seine Wohnung. Im Wohnzimmer nehmen beide Platz und Rajesh ist etwas überrascht von der geschmackvollen Einrichtung! Sofort erkennt Wertkins Rajeshs Staunen und beschwichtigt ihn:

„Alles nicht Meines, Herr Kommissar, alles nicht Meines! Ich wohne hier zu Untermiete und die Wohnung war schon so ausgestattet, wie Sie sie heute sehen! Aber, was kann ich für Sie tun?"

Rajesh räuspert sich kurz, holt aus seiner Brieftasche die beiden Fotos der ermordeten

Mädchen und legt sie wortlos vor Wertkins auf den Tisch hin. Nach einigen Sekunden fragte er:

„Sie wissen, Herr Wertkins, um diese beiden schrecklichen Mädchen-Morde am Sonnabend, spätnachmittags in dem gelben Altbau vis-á-vis der Kirmes Bescheid?“

„Ouh, ouh, ouh!“ ruft Wertkins gedämpft „So etwas passiert doch wirklich, oder? Man liest das in den Zeitungen und glaubt es nicht! Aber, Herr Kommissar, wie denken Sie, kann ich Ihnen in diesem Fall helfen?“

„Indem Sie sich konzentrieren und alles, was Ihnen in Erinnerung kommt, zutage bringen, Herr Wertkins! Und wenn es Ihnen auch noch so unwichtig erscheint!“ antwortet Rajesh „Zum Beispiel hatten beide Mädchen je eine Clown-Puppe bei sich, Sie wissen, solche, die man als Gewinn für irgendeine Geschicklichkeit vom Budenbetreiber erhält!“.

Wertkins senkt seinen Kopf, faltet die Hände zwischen den Knien, starrt auf die beiden Fotos und überlegt. Plötzlich hebt er den Kopf, seine Augen werden groß, er hebt die rechte Hand an seine Schläfe, so als könnte er von dort irgendetwas empfangen! Jetzt lehnt er sich zurück, deutet auf Rajesh und ruft:

„Na klar, Mensch, das ist es doch!“

Rajesh blickt ihn vorerst sprachlos an, möchte etwas sagen, aber Wertkins ruft wieder:

„Na, klar! Ja, sicher! Die beiden Mädchen waren doch bei mir auf dem Stand! Die eine hatte von den fünf Kugeln doch glatt drei im Eimer

versenkt! Und dafür gab ich den beiden, da sie ja
zu zweit waren und meine Kassa für den Tag
schon ganz schön fett war, eben gleich zwei dieser
Clown-Puppen!"

Vor Aufregung ist Rajesh aufgestanden,
geht einige Schritte im Raum hin und her und
fragt:

„Herr Wertkins, das ist jetzt ganz, ganz
wichtig für unsere Ermittlungsarbeit: ist Ihnen
irgendetwas oder irgendjemand aufgefallen? Sind
die beiden Mädchen von Ihrer Bude alleine oder
mit jemandem zusammen weggegangen?"

Er ist vor Wertkins stehengeblieben und
sieht erwartungsvoll zu diesem hinab! Wertkins
denkt nach, schüttelt nachdenklich den Kopf und
verneint Rajeshs Frage! Jetzt sieht er zu ihm auf
und meint:

„Es tut mir leid, Herr Kommissar, wahnsinnig leid, dass ich Ihnen hier nicht weiterhelfen
kann! Aber ich hoffe ganz stark, dass Sie dieses
Ungeheuer bald hinter Schloss und Riegel bekommen werden!"

Rajesh dankt und wendet sich zum Gehen.
Als er bei der Wohnungstüre angelangt ist, hält
ihn Wartmann plötzlich am Arm zurück und sagt
leise:

„Augenblick, Herr Kommissar, Moment-
chen! Oh ja, jetzt fällt es mir doch ein: ich musste,
nachdem die beiden Kleinen meinen Stand verlassen hatten, kurz hinaus, um neue Puppen aus
der Vorrats-Kiste hinter meinem Stand zu holen.
Es war ja noch hell am Tage und da ist mir doch

aufgefallen, dass die beiden an den Händen links und rechts von einem großen, einem sehr großen Mann mit dunklem Mantel und mit einer hellen - ich glaube einer hellgrauen - Schiebermütze zum Ausgang geführt wurden...ja...," jetzt schließt Wertkins seine Augen, so als müsste er sich stark konzentrieren. Nach einigen Sekunden meint er noch „...ja, und dann hat er sich einmal zu dem einen Mädchen hinuntergebeugt, da konnte ich bemerken, dass er eine bemerkenswert große Nase hat und als er diesem Mädchen über den Kopf strich, hab ich gesehen, der Mann hat doch riesige Hände!"

Rajesh blickt ihn ungläubig an und Wertkins fährt gleich fort: „Ich kann mich daran erinnern, Herr Kommissar, weil ich dachte, was hat der Mann für ein Glück, Vater zweier so süßer Töchterchen sein zu dürfen!"

Rajesh hat sich umgewandt, ihm ist der Atem stehengeblieben! Er packt Wertkins bei den Schultern und sagt heiser:

„Noch etwas, Herr Wertkins? Vielleicht noch eine Kleinigkeit, die Ihnen jetzt noch dazu einfällt?"

Wertkins zögert und versucht, sich an jede Einzelheit der Szene zu konzentrieren! Jetzt erhellt sich sein Gesichtsausdruck und er meint, während er den Zeigefinger der rechten Hand hochhebt:

„Ja, und noch etwas, Herr Kommissar: der Mann trug so eine Art...Wetterhexe, obwohl doch überhaupt kein Regen angesagt war! Gerade wir

Budenbetreiber, wir müssen doch über die jeweilige Großwetterlage immer Bescheid wissen, nicht?"

Rajesh steht nur da und schüttelt langsam den Kopf:

„Herr Wertkins! Sie haben schon erfasst, worum es geht: wir sind auf jede noch so winzige Spur angewiesen und was Sie mir eben mitgeteilt haben, das kann eminent wichtig sein! Also, wenn Ihnen vielleicht noch etwas dazu einfällt, bitte sofort bei uns im Kommissariat anrufen, ok?"

Rajesh überreicht ihm seine Visitenkarte und ersucht ihn noch, sich am nächsten Tag bezüglich der Niederschrift seiner Aussage im Büro zu melden! Er bedankt sich und saust zurück ins Büro! Dort setzt er sich mit seinem Kollegen Mick Severs zusammen und teilt diesem die Neuigkeiten mit:

„Pass auf, Mick! Langsam kommen wir diesem Drecksack doch auf die Schliche: er dürfte immer mit Hygienehandschuhen arbeiten! Weiters trägt er immer einen Plastikregenschutz. Und darum finden wir auch nie Faserspuren seiner Kleidung an den Opfern! Ich werde für morgen Vormittag eine Pressekonferenz einberufen und unsere bis dato vorliegenden Beweise an die Medien weitergeben!"

Schon am nächsten Vormittag haben sich mehr als 55 Journalisten im Konferenzraum eingefunden und Rajesh gibt den Journalisten alle bis dato vorliegenden Fakten bekannt:

- *Der Mörder muss ein exzellenter Holz-Schnitzer sein.*
- *Er dürfte so um die ein Meter neunzig groß sein.*
- *Er trägt eine hellgraue Schiebermütze und einen dunklen Mantel.*
- *Zur Vermeidung von Spuren, die zu ihm führen könnten, trägt der Mörder für seine Morde jeweils einen dünnen Plastik-Regenschutz über seinem Mantel und er benützt für seine Morde immer blaue Hygiene-Handschuhe.*
- *Er hat eine ziemlich große Nase und sehr große Hände.*
- *Der Mörder dürfte ein eigenes Schnitz-Atelier besitzen, sonst wüssten seine Arbeitgeber oder auch seine Kollegen-schaft über ihn Bescheid!*

Über neunzig Anrufer gibt es in den nächsten Tagen, die Hinweise an die Behörde geben wollen! Rajesh hat die Sonderabteilung nun in vier Gruppen eingeteilt: die Mitarbeiter des ersten Kommandos kümmern sich um Hinweise, die auf mögliche Täter im Umkreis von fünf Kilometern deuten, die zweite befasst sich mit weiter entfernt genannten Adressen. Die dritte Gruppe kümmert sich um sämtliche Aussteller der Kirmes und versucht, von diesen Beobachtungen über auffällige Kirmes-Besucher zu erhalten. Und Rajesh erfährt, dass aus Sicherheitsgründen an den beiden Haupteingängen zur Kirmes je eine Video-

Kamera installiert ist. Die Auswertung dieser Aufnahmen übernimmt ebenfalls die Gruppe 3. Die Kollegen der Gruppe 4 steht im Innendienst in den Startböcken, um eingegangene Hinweise ihrer Kollegen sofort auswerten zu können!

Aber auch nach beinahe drei Wochen intensiver Investigation gibt es noch nimmer keinen Hinweis auf den Täter! Sämtliche gut gemeinten Hinweise verlaufen im Sand, noch dazu waren die beiden am Ein- und Ausgang montierten Überwachungs-Kameras durch schwere Wasserschäden gerade an diesem Sonntag nicht aktiviert!

Und Rajesh hat bereits seinen ersten Termin bei Herrn Dr. Paul Träger, dem Innenminister! Der Mann bläst sich auf wie ein Pfau, so als ob er den Täter bereits im Büroschrank eingesperrt hätte und wirft Rajesh unverblümt Unfähigkeit vor! Dieser bleibt ruhig, bis der Herr Minister seine erste Wichtigkeit platziert und sich etwas beruhigt hat und meint dann:

„Herr Minister! Zwei Möglichkeiten haben wir beide, dieses Gespräch zu beenden! Erstens: Sie sprechen hier mit einem Beamten, der sämtliche in seiner bisherigen Dienstzeit angefallenen Verbrechen restlos aufklären konnte. Ich habe für die Bearbeitung dieser Mordserie 38 äußerst fähige Beamte eingesetzt und wir sind nun doch schon um einige wichtige Schritte weitergekommen. Also wird es nicht mehr lange dauern, bis wir den Kerl geschnappt haben. Das heißt im Klartext: wir arbeiten weiter an dem Fall! Zweitens: Sie ziehen mich von dem Fall ab, was zum momentanen Stand der Ermittlungen in die vollkommen falsche Richtung gehen würde. Unser ganzes, bis dato aufgebautes Netz würde Lücken bekommen, da ein neuer Vorgesetzter sich erst einmal von Grund auf in die Materie einarbeiten müsste und zudem wird zu klären sein, inwieweit die zurzeit eingesetzten Beamten mit dem neuen Ermittlerstab zusammenarbeiten können!"

Ganz ruhig hat Rajesh gesprochen. Nun sieht er mit ausdrucksloser Miene seinen obersten Vorgesetzten direkt an und wartet auf dessen Reaktion. Dr. Träger denkt kurz nach, soweit kann er sehr wohl erkennen, dass er mit seinem Vorwurf etwas zu weit gegangen war! Er räuspert sich kurz und meint:

„Okay, okay, Herr Nath, Sie entschuldigen bitte! Ich…hab vielleicht ein wenig zu…heftig agiert! Aber verstehen Sie bitte auch meine Situation: die Stimmung in der Bevölkerung ist am Sieden, speziell nach den beiden ermordeten kleinen Mädchen! Man erwartet endlich Erfolge in diesem Fall! Sagen Sie mir doch einfach, was Sie als nächstes planen, damit ich die Presse etwas beruhigen kann?"

Um diese für Rajesh vollkommen unsinnige Unterredung möglichst rasch zu Ende bringen zu können, informiert Rajesh den Minister über allgemeine, nichtssagende Direktiven, die er an seine Leute abgegeben hat. Damit zeigt sich der Vorgesetzte doch zufrieden und Rajesh kehrt zurück zu seiner Dienststelle.

Hauptmann

Dieter Schelkens hat seine letzte Arbeit, dieses Shetland-Pony, soeben überarbeitet: die mit äußerster Präzision bis ins letzte Detail diffizil gearbeitete Mähne fasziniert ihn selbst ungemein! Einen vollen Monat hat ihn dieses Werk beschäftigt, einige Male saß er stundenlang vor dem Werk und verzweifelte beinahe: er wusste nicht warum, aber er konnte nicht weiter! Dieter hat natürlich keine Ahnung, dass es jedem kreativen Menschen einmal so gehen kann! Das Gehirn ist ja doch keine Maschine, kein Roboter, dem man einen Befehl eintippen und der das Werk auftragsgemäß und ohne abzusetzen fertigen kann! Anders jedoch bei Dieter Schelkens:

Gerade hat er einen noch zu verbessernden Messerschnitt bemerkt. Er zieht die Lade an seiner linken Seite auf, um ein feines Schleifpapier herauszunehmen. Plötzlich hält er inne, als wäre sein Vorhaben durch eine imaginäre Kraft zum Stoppen gebracht worden!

Er springt unwillkürlich auf, er beginnt zu schwitzen, er stößt unnatürliche Laute aus, während er vor der bereits aufgezogenen Lade stehenbleibt! Er spürt genau, was jetzt gleich kommen wird, aber dieser schreckliche, kurze Schmerz und seiner Mutter vergebliche Hilfeschreie treiben ihn gnadenlos an! Und es passiert das Gleiche wie immer: die Geheimlade wird herausgezogen, Eichenblatt und Brennstempel liegen auf dem

Tisch und mit dem Einbrennvorgang wird Dieter Schelkens wieder ganz zu Hauptmann!

Von den schwachen Rauchwolken des Brennvorganges umweht, nimmt Hauptmann sowohl die grausige Trophäe, als auch Schieberkappe, Handschuhe und Regenschutz an sich und entfernt sich ziellos von seinem Haus...

Der Mord

Der Campus der Paderborner Universität ist nicht nur eine Konzentration von Wissen, Erfahrung und Lehrtätigkeit! Hier verkehren viele junge Menschen beiderlei Geschlechts und wie überall auf der Welt ergeben sich natürlich da und dort erste knospende Verbindungen, die - abgesehen vom Studieren - auch sonst viel gemeinsam haben! So ergeht es auch Raimund Bernherr, einem großgewachsenen 20-jährigen, weißblonden, feschen Studenten aus Hamburg, der umständehalber auf der Paderborner Uni inskribiert hatte. Wie das Schicksal es manches Mal eben zuteilt, hat Raimund schon in der zweiten Woche nach Unterrichtsbeginn die 19 Jahre junge Lisbeth Holling kennengelernt! Lisbeth ist mittelgroß, hat wunderschönes, schwarzes und volles Haar und ein ausgesprochen heiteres und ansteckendes Naturell! Es war wirklich Liebe auf den ersten Blick gewesen: in der Mensa war es passiert: der Zufall hatte die beiden an einem Tisch vis-á-vis hingesetzt, man kam ins Gespräch und die Funken der Sympathie sprühten wie ein Feuerwerk! Beide bewohnen jeweils eigene, zum Campus gehörende Studentenwohnungen und diese liegen auch in derselben Straße.

Natürlich folgten gemeinsame Theater- und Kinobesuche, abendliche Treffen in kleinen Cafés und was sonst nicht alles noch dazugehören muss, um eine dauerhafte Verbindung herstellen zu können! Beide lernen ausgezeichnet, ihre Bewertungen sind erste Sahne und sowohl Lisbeth als auch Raimund dürfen sicher damit rechnen, von ihren Professoren mit besten Empfehlungen für ihren weiteren Lebensweg ausgerüstet zu werden!

Es ist ein unerwartet kühler, nasser und windiger Sonntag Anfang Juni und die beiden jungen Leute haben vereinbart, sich heute ausnahmsweise einmal nicht zu treffen, sondern das miese Wetter dazu zu nützen, sich auf anstehende wichtige Seminare vorzubereiten! Lisbeth hat es sich in ihrer kleinen Wohnung gemütlich gemacht, eine Kanne Kaffee zubereitet und ist eben dabei, eine von der Konditorei mitgebrachte Mehlspeise auszupacken. Ein leises Klopfen an der Türe lässt sie stutzen: das wird doch nicht schon wieder dieser kleine, unsympathische Jean-Luc von nebenan mit seiner durchsichtigen *„Würdest du mir bitte Zucker leihen?"* - Anmache-Taktik sein? Lisbeth öffnet die Türe einen kleinen Spalt und hat in Gedanken schon ihre Absage vorbereitet, als Hauptmann die Türe mit einem gewaltigen Stoß aufdrückt und auf die vollkommen überraschte Lisbeth losspringt! Sie kommt nicht mehr dazu, um Hilfe zu schreien: der große Mann im Regenschutz-Übermantel ist schon bei ihr, seine riesige Rechte legt sich auf Lisbeths Mund und zieht ihren Körper brutal an sich! Mit der Linken greift er hinter sich und wirft die Türe zu. Lisbeth hat ihren ersten Schock überwunden und bereits erkannt, dass sie es mit dem lange gesuchten Serienkiller zu tun hat! Und jetzt beginnt sie zu kämpfen! Ihr junger Überlebenswille gibt ihr unglaubliche Kraft, sie kann sogar ihren Kopf aus der auf ihren Mund gepressten Hand befreien und zu einem erstickten Hilferuf ansetzen! Allerdings gelingt ihr keine weitere Aktion: sofort hat Hauptmann reagiert und sie mit seinen beiden riesigen Händen um den Hals gefasst! Und er lässt Lisbeth nicht den Funken einer Chance: so als hätte er große Wut darüber, dass sein erster Angriff beinahe schiefgelaufen wäre, drückt er zu, grausam und tödlich! Erst als sein Opfer einige Minuten lang völlig bewegungslos in seiner schrecklichen Umklammerung hängt, lässt er sie langsam zu Boden gleiten. Keuchend steht Hauptmann über ihr und betrachtet noch eine halbe Minute sein grausiges Werk! Nun holt er das Holz-Etui aus der Tasche und legt sein Erkennungszeichen, das kunstvoll geschnitzte Eichenblatt, welches er noch kurz mit liebevollem Blick betrachtet, auf Lisbeths geröteter Kehle ab.

Nun streift er Regenschutz und Handschuhe ab und verstaut die Sachen in einer mitgebrachten Papier-Tragetasche. Danach öffnet er vorsichtig die Türe und prüft, ob sich auch niemand auf dem Flur aufhält. Mit einigen wenigen Schritten ist er beim Haustor, tritt hinaus auf die Straße und entfernt sich unauffällig vom Campus…

Die Ermittler

Die beiden Hauptkommissare Nath und Severs sind am Tatort eingetroffen. Natürlich herrscht Riesen-Aufregung im Schulwohnheim: Lisbeth war ermordet worden? Ihre Lisbeth, die von allen Mitbewohnern geschätzte Lisbeth Holling? Der Flur zum Appartement der Ermordeten Studentin ist gesperrt, nur die nächsten Nachbarn dürfen natürlich durch, allerdings unter strengster Kontrolle durch die Wachebeamten! Die Kriminalbeamten betreten den Tatort und erblicken die Plane über der Leiche. Beide sehen sich an und seufzen tief: freilich waren sie bereits über die Mordart sowie über die Trophäe des Mörders informiert worden! Und beide haben den gleichen Gedanken: wann kriegen wird dieses Schwein endlich zu fassen? Wieviele Menschen denn noch sollen unter den schrecklichen Händen dieses Verrückten sterben müssen?

Nachdem sämtliche erforderlichen Spurenfeststellungen abgeschlossen sind und der Bestattungsdienst die Leiche abtransportiert hat, versuchen die beiden Beamten noch, den möglichen Tathergang zu rekonstruieren: nachdem niemandem der Nachbarn etwas Verdächtiges aufgefallen war, konnte sich dieser gemeine Überfall nach Micks Meinung nur derart abgespielt haben: Der Mörder hatte angeklopft und Lisbeth Holling im Vertrauen, dass es sich wohl um einen ihrer Nachbarn gehandelt haben müsse, hatte die Türe geöffnet! Das war ihr Todesurteil gewesen! Nach

Klärung der wichtigsten mündlichen Fragen fahren die beiden wieder zurück ins Hauptquartier und sitzen sich nun an ihren Schreibtischen gegenüber.

„Also," meint Rajesh „was ich ja überhaupt nicht verstehe, Mick: nicht ein einziges Haar, nicht ein Staubkorn, einen Schuhabdruck, oder wenigstens ein bisschen Erde vom Schuh des Mörders können wir in auch nur einem dieser Mordfälle feststellen! Wie macht der Mann das? Lang-sam beginne ich, an ein Phantom zu glauben!"

Mick nickt gedankenverloren, hebt nun den Kopf und bestätigt:

„Das wäre doch sehr interessant zu wissen, wie der Mörder sich für seine Mordausfahrten vorbereitet? Wir dürfen annehmen, Rajesh, dass der Mann vollkommen verrückt ist, oder? Und wenn ja, dann bricht er völlig planlos auf und wählt seine Opfer wie sie eben gerade daherkommen! Aber er muss sich ja doch so viel Konzentration und Zeit nehmen, um nach jedem Mord einen vollkommen spurenfreien Tatort hinterlassen zu können, nicht?"

Rajesh überlegt:

„Eines wissen wir ja schon, Mick: Er…er verkleidet bzw. er schützt sich, Mick! Also schlüpft er kurz vor der Tat in eine Regenhaut, zieht sich Kunststoffhandschuhe über und beides, Mantel und Handschuhe, vernichtet er nach der Tat!"

„Hey!“ meint Mick nun ansatzlos „Komm, alter Junge: lass uns alle vorliegenden Fakten, auch wenn es noch so wenige sind, nochmals durcharbeiten, ja?“

„Ok, Rajesh!“ stimmt Mick zu „Aber Kaffee dazu holen wir uns vorher noch, ok?“

Und genau das tun sie jetzt…

Vor 17 Jahren

Rosanne Pogert war Dieter Schelkens große Liebe, eigentlich war sie das immer schon gewesen: er hatte sie schon in der Oberstufe in der Schule heimlich geliebt! Sie spielte einige Zeit mit ihm, letztlich aber gab sie nach: Dieter war ja ein großer, rüstiger, dunkelhaariger Kerl und er konnte sehr, sehr lustig sein! Dies gefiel Rosanne und schon nach zweieinhalb Monaten, nachdem sie enger befreundet waren, war die Hochzeit im Schwange! Rosanne war zwar etwas erstaunt und enttäuscht, dass niemand von ihres Bräutigams Familie zur der Trauung kommen würde! Sie forschte und forschte, Dieter aber beendete ihre Recherchen damit, dass er ihr erklärte, seine Familie sei wegen eines blöden Erbschaftsstreits total zerstritten! So fungierten als seine Trauzeugen eben Freunde aus ihrer bevorzugten Cocktailbar, man bezog ein nicht zu großes, aber nettes Häuschen im Stadtteil Benhausen. Und Rosanne wähnte sich sechs Monate später bereits als werdende, glückliche Mutter!

Ihr Mann aber, nachdem sie ihm die wunderbare Neuigkeit eröffnet hatte, benahm sich doch äußerst sonderbar: zuerst zog er die Augenbrauen zusammen, normalerweise ein Zeichen großen Unwillens. Auf ihre Frage, ob er denn nicht glücklich sei, Vater zu werden, meinte er wie abwesend:

„Ich hätte es geschätzt, wenn du mir das früher mitgeteilt hättest, Rosanne!“

Sie sah ihn ungläubig an, schüttelte leicht den Kopf, nahm mit der Rechten sein Kinn, drehte sein abgewandtes Gesicht so, dass sie ihm in die Augen blicken und er nicht aus konnte und sagte wiederholt, diesmal jedoch eindringlich:

„Dieter! Darling! Wir bekommen ein Baby! Ein Baby, Liebster, und du freust dich überhaupt nicht darüber? Was ist denn los mit dir, sag doch!"

Er drehte unwillig den Kopf aus ihrer Hand, wandte sich ab und ging hinüber ins Wohnzimmer. Sie jedoch nahm seine Reaktion so nicht hin und folgte ihm. Nun saßen sich beide auf der Sitzgarnitur gegenüber, Rosanne fixierte ihn und wusste momentan nicht, wie sie mit dieser großen Enttäuschung fertig werden sollte! Plötzlich erhob er sich, trat vor sie hin und meinte leise und mit heiserer Stimme:

„Du hast mich verraten, Rosanne! Ja, verraten! Nie wollte ich hier im Hause jemanden Fremden haben, außer uns beide, verstehst du mich? Das wollte ich dir schon immer…"

Sie unterbrach ihn, war aufgesprungen, stemmte ihre Arme in die Seiten und meinte, gefährlich leise:

„Sag, bist du vollkommen verrückt geworden? Wer, bitte, ist denn hier ein Fremder? Wenn hier in diesem Haus etwas fremd ist, dann bist das höchstens du, Dieter, mit deinem kranken Hirn, jawohl, krank!" Jetzt wurde ihre Stimme immer lauter: „Was ist denn in dich gefahren, Dieter? Dein eigen Fleisch und Blut einfach als Fremdkörper zu bezeichnen? Hey!..." unterbrach sie sich "...brauchst du vielleicht ein paar Sitzungen beim Seelendoktor auf der Couch, Dieter? Ganz sicher bist du..."

Wieder unterbrach sie sich, denn ihr war eine merkwürdige Veränderung in Dieters Gesicht aufgefallen: seine Augen waren zu schmalen Schlitzen geworden, seine Lippen waren zu einem dünnen Strich zusammengepresst und seine Miene drückte unendlichen Schmerz aus! Dieter hatte eben den fernen Schrei seiner Mutter vernommen und die unselige Wandlung setzte ein: sein Atem wurde schneller, die Augen weiteten sich unnatürlich, eine schreckliche Hitze entstand in seinem Kopf und alles um ihn herum zerfloss zu einer nebeligen Masse: Hauptmann hatte ihn fest im Griff!

Rosanne starrte ihn mit großen Augen ungläubig an und plötzlich sah sie, wie seine Hände, zu einer Klammer geformt, sich ihrem Hals näherten! Sie war unfähig, sich zu rühren! Jetzt legten sich diese großen, schrecklichen Hände um ihren Hals und drückten zu, ganz langsam und immer stärker! Sie packte seine Handgelenke, um sich aus der tödlichen Falle zu befreien, aber es war ein sinnloses Unterfangen: immer kräftiger wurde der Würgegriff und Rosanne wurde es schwarz vor den Augen! Sie wusste, dass er sie und ihr Baby umbringen würde, in ihrer Todesangst wand sie sich, ihre Hände verzweifelt um seine Unterarme gelegt, wie wild hin und her! Und mit einem Male ließ der grausame Druck nach: Dieter sackte mit verdrehten Augen ohnmächtig vor ihr zusammen!

Rosanne stand, am ganzen Körper zitternd, da und rieb sich nach Atem ringend den schmerzenden Hals: sie hatte soeben die unbekannte Seite ihres Mannes auf grausige Weise kennengelernt! Noch immer starrte sie auf ihn hinunter und war keiner Regung fähig! Langsam kam sie zu sich und erkannte im selben Augenblick: sie und ihr Ungeborenes mussten schleunigst weg von hier, weg, weg, weg! Wer konnte voraussehen, wann Dieter abermals einen solchen Anfall bekommen würde?

Ihr Entschluss stand fest: in diesem Hause durfte sie keinesfalls bleiben! Ihre Eltern lebten drüben im Stadtteil Elsen, betrieben dort eine gutgehende Autowerkstatt und hatten in ihrem großen Haus jede Menge Platz, wo Rosanne mit ihrem Baby vorerst bleiben konnte!

Ein paar Sekunden noch betrachtete sie schweratmend ihren neben dem Couchtisch ohnmächtig auf dem Rücken liegenden Mann, ging in die Küche und nahm für alle Eventualitäten aus der Messerlade ein kurzes, aber stabiles Messer. Sie wusste ja nicht, wie Dieter auf ihre Entscheidung reagieren würde, keinesfalls aber würde sie ihm noch eine Chance auf einen sicherlich tödlich endenden Angriff auf sie und ihr Baby zugestehen!

In fünfzehn Minuten hatte sie ihre wichtigsten Utensilien in eine große Reisetasche gepackt, ihre sämtlichen Kleider ließ sie im Schrank zurück, dies alles konnte später ersetzt werden: für Rosanne galt es, dieses Haus umgehend zu verlassen! Als sie zurück ins Wohnzimmer kam, lag Dieter immer noch ohnmächtig da! Seine Augen waren halb geschlossen und Schaum stand um seinen Mund! Rosanne konnte diesen Anblick nicht länger ertragen: sie schlich mit starkem Herzklopfen an ihm vorbei, verließ das Haus und fuhr mit ihrem gemeinsamen Wagen hinüber nach Esen! Per Handy informierte sie ihre Mutter, die ihr, zwar einigermaßen überrascht, natürlich sofortige Hilfe zusagte!

Und dann kam die große Überraschung: Dieter hatte sich nie wieder bei Rosanne gemeldet! Sie verstand dies alles zwar nicht und auch ihre Eltern fanden keinerlei Zugang zu solch eigenartigem Verhalten! Letztendlich aber konnte Rosanne damit ganz gut leben, wollte sie doch nie wieder mit ihm zusammenkommen müssen!

Als nächsten Schritt nach diesem schrecklichen Vorfall nahm Rosanne wieder ihren Mädchennamen, Pogert, an: niemals sollte ihre Tochter mit dem Namen Schelkens in Berührung kommen! Und parallel dazu betrieb sie erfolgreich die Scheidung.

Nachdem ihre Tochter Liane geboren war, gab es auch hier keinerlei Kontakt: über das Jugendgericht - der Vater war immer durch seinen Anwalt vertreten - wurden die Pflichten des leiblichen Vaters bestimmt. Dieter nahm ohne Kommentar an und die Alimente wurden pünktlich auf Rosannes Konto überwiesen!

Das eine oder andere Mal sprachen Rosanne und ihre herangewachsene Tochter Liane über deren Vater und niemals versuchte Rosanne, ihrer Tochter den Vater auszureden. Liane allerdings winkte auch jedes Mal kurz ab, wenn man unversehens auf dieses Thema zu sprechen kam: sie war unsicher und wollte abwarten, bis sie dieses Thema eines Tages in ihrem Kopf klarer würde behandeln und einordnen können!

Hauptmann

Dieter Schelkens hat ein neues Werk ge-schaffen: einen aufgeschlagenen, dicken Alma-nach in den Abmessung 50 cm breit x 20 cm hoch! Dazu benötigte er kein Original-Muster: im Geiste sieht er vor sich das offen liegende Klas-senbuch seines damaligen Klassenvorstandes auf dessen Schreibtisch und das genügt ihm vollends! Vor ihm auf dem Arbeitstisch liegt nun das Buch, gefertigt aus heller Eiche. Dieter überlegt kurz und entnimmt der Geheimlade den Brennstempel: er wird auf der linken aufgeschlagenen Seite dieses Motiv der krallenartig geformten Hände anbringen! Nachdem der Brennstempel die gewünschte Temperatur erreicht hat, nimmt Dieter ihn zur Hand, hält ihn vorsichtig über der Buchseite und konzentriert sich: dieser Vorgang erfordert eine ausgesprochen ruhige Hand, im negativen Falle gäbe es unsaubere Ränder!

Aber Dieter kommt nicht so weit: der Brennstempel in seiner Hand startet unkontrolliert den Antrieb für seine Verwandlung: als erstes hört er wie durch eine dicke Nebelwand die Hilfe-schreie seiner Mutter! Er legt das Eisen zurück auf den Rost und legt beide Hände wie schützend auf seine Ohren! Ruckweise wird sein Oberkörper vor- und zurückgeworfen und mit einem lauten Ächzen fällt er in seinem Stuhl zusammen. Wie ein schlimmes Kind, das die verdiente Strafe erwartet, kauert Hauptmann in seinem Sessel und erkennt das für ihn Unvermeidliche: weit, weit weg hörte er erneut die Schreie seiner bedrängten Mutter und mit fahrigen, wischartigen Bewegungen seiner Arme versucht er, diese schreckliche Szene zu vertreiben, aber alles nimmt seinen furchtbaren Lauf: er ist…Hauptmann geworden!

Mit grausiger Routine werden Eichenblatt, Schiebermütze, Handschuhe und Regenschutz hervorgeholt und der Mörder macht sich auf den Weg, hinaus auf die Suche nach seinem nächsten Opfer!

Der Mordversuch

Anne Wieling war seit über 23 Jahren als Deutsch- und Geschichtsprofessorin am humanistischen Gymnasium in Saarbrücken angestellt. Sie war mit ihren 49 Jahren eine hübsche Frau mit kastanienbraunem, immer ordentlich frisiertem Haar, mittelgroß, schlank und sie strahlte anziehende Freundlichkeit aus! Aber sie konnte auch, wenn es erforderlich wurde, höchst resolut und streng werden: diesen Charakterzug kannten ihre Schüler sehr gut und trotzdem liebten sie die Kinder! Instinktiv hatten alle erkannt, dass man mit Frau Professor Wieling sehr gut auskommen konnte, wenn man sich an ihre Spielregeln hielt, die da hießen: Pünktlichkeit, Aufmerksamkeit und Ruhe in der Klasse während des Unterrichts!

Anne Wieling hat eben ihre Deutschstunde in der 6. Klasse beendet, die Schüler haben die Klasse verlassen und Frau Professor geht zuerst direkt in das Lehrerzimmer, wo sie ihre Unterlagen ablegt. Danach begibt sie sich hinunter ins Erdgeschoss, wo sie sich im Asservaten-Zimmer entsprechende Unterlagen für die kommende Geschichtsstunde der 5A zusammensuchen möchte. Sie öffnet die Türe, betritt den Raum und schließt die Türe wieder hinter sich. Nun biegt sie in den vierten Gang ein, wo alle erforderlichen Lehr-Akten über die deutsche Geschichte aufbewahrt werden.

Frau Wieling hat in einem der Stahl-Regale in Kopfhöhe den gesuchten Karton-Ordner

entdeckt, als sich plötzlich von hinten zwei Hände
brutal um ihren Hals legen! Im ersten Moment
denkt sie an einen schlechten Scherz eines ihrer
Kollegen, als jedoch der Druck der Umklammerung immer stärker wird und sie gar keine Luft
zum Atmen bekommt, beginnt Anne Wieling zu
kämpfen! In ihrer ersten Reaktion erinnert sie sich
an den Selbstverteidigungs-Kurs, den sie vor
einigen Jahren in der Sporthalle absolviert hatte:
zuerst stößt sie sich mit den Armen von dem
Regal vor ihr kräftig nach rückwärts ab und kann
spüren, wie der Angreifer mit voller Wucht mit
seinem Rücken gegen das gegenüberliegende
Stahl-Regal prallt! Sie fühlt, wie der Druck der
Hände etwas nachlässt und beginnt nun, mit
beiden Ellenbogen eine Stakkato nach hinten
gegen die Rippen des Aggressors zu trommeln!
Aus dem Augenwinkel erkennt sie, dass der Mann
einen Regenschutz-Mantel trägt! Sie kann den
schnellen Atem des Mannes vernehmen und
erkennt, dass ihm ihre Technik viel von seiner
Luft nimmt! Nun packt sie mit ihren Händen je
einen kleinen Finger der würgenden, behand-
schuhten Hände und beginnt, beide mit aller Kraft
auseinanderzuziehen! Diese Technik ist für den
Angreifer äußerst schmerzhaft, wie sie an dem
unterdrückten heiseren Schrei des Mannes hören
kann! Anne Wieling aber lässt keineswegs nach:
sie weiß, dass sie um ihr Leben kämpft, die
Berichte über den würgenden Schnitzer, wie
dieser in den Medien bezeichnet wird, verleihen
ihr unglaubliche Reflexe! Jetzt lässt sie sich

blitzschnell fallen und entkommt dadurch vorerst dem schrecklichen Griff des Mannes! Nun sitzt sie, mit dem Rücken zu ihm, vor seinen Füßen auf dem Boden! Der Angreifer ist total überrascht und schon fährt Anne Wieling mit ihrer Faust nach oben, genau dorthin, wo es ohne Ausnahme jedem Mann besonders weh tut! Gleich krümmt sich der Angreifer vor Schmerzen, keucht laut und Anne Wieling kann für einen kurzen Moment sein Gesicht sehen! Jetzt rollt sie sich schnell nach der Seite weg, springt auf und rennt hinaus auf den Gang, wo sie um Hilfe schreien möchte, ihr malträtierter Hals jedoch erlaubt ihr keinen Laut! Einige Lehrkräfte kommen ihr entgegengelaufen, Anne Wieling hält sich mit der linken Hand ihren schmerzenden Hals und möchte ihre Kollegen über den Vorfall informieren! Aber ihr Hals lässt noch immer kein Wort zu! Anne sinkt, ihre beiden Hände noch immer um den Hals gelegt, an der Wand zu Boden und ihre Kollegen umstehen sie ratlos! Endlich schafft sie es und ruft krächzend, während sie mit der Rechten nach hinten zur Asservatenkammer deutet:

„Da drinnen ist er! Da drinnen, der Würger! Vielleicht könnt ihr ihn dingfest machen!"

Sofort eilen die Kollegen weiter, reißen die Türe auf, stürzen hinein, das einzige große Fenster im Zimmer steht halboffen, aber im Raum hält sich niemand mehr auf! Augenscheinlich ist der Täter durch das Fenster entkommen! Einer der Lehrer macht sofort kehrt, rennt zurück in seine Klasse, von wo er per Handy die Polizei verständigt! Die dortige Einsatzleitung hat sofort sämtliche in der Nähe der Schule befindlichen Streifenwagen verständigt, aber welche Fahndungsdetails hat man denn schon? Die einige Minuten danach eintreffenden Beamten befragen das Opfer und geben die mageren Details an die Zentrale durch. Umgehend werden alle Ausfallsstraßen gesperrt, die Umgebung der Schule wird durchkämmt, alles was an Beamten zur Verfügung steht, wird mobilisiert und beteiligt sich an der Fahndung nach dem Würger!

Hauptmanns Flucht

Anne Wieling ist aus dem Zimmer geeilt und Hauptmann kann kurz darauf ihre Hilferufe vernehmen! Er weiß, jetzt muss er richtig reagieren! Trotz seiner gewaltigen Schmerzen im Unterbauch rafft er sich auf, rennt zum Fenster und reißt es nicht zu weit, aber doch, auf. Da Pausenzeit ist, befinden sich jede Menge Schüler auf dem Schulhof und jemand würde ihn mit Sicherheit am offenen Fenster erkennen! Gleich wendet er sich um und zwängt sich in den vorletzten Gang zwischen den Regalen: er hat alles vorab ausgekundschaftet und alle Eventualitäten einkalkuliert! Nun klettert er an einem Regal ganz nach oben wo er sich in den schmalen Raum zwischen oberstem Abschluss-Blech und Zimmerdecke hineinzwängt! Er holt ein Taschentuch aus seiner Manteltasche und hält es sich vor Mund und Nase: der Staub, der sich auf dem letzten Regalfach angesammelt hatte, könnte ihn zum Niesen bringen und das, so weiß Hauptmann, kann einfach nicht unbemerkt bleiben! Es ist höchste Zeit, denn schon stürzen Lehrkräfte, Schüler und gleich danach auch der Schulwart in das Asservatenzimmer! Sie eilen sofort zu dem offenen Fenster, blicken hinaus und rufen einigen Schülern zu:

„Hey! Habt ihr eben einen Mann aus diesem Fenster steigen und ihn davonlaufen sehen?"

Ein paar der Schüler bleiben stehen, besprechen sich kurz und schütteln ihre Köpfe. Die

Kollegen von Anne Wieling sind ratlos: der Mann, und sicherlich handelt es sich um den gesuchten Serienkiller, dürfte es geschafft haben, unbemerkt aus dem Schulareal zu entwischen!

Nach fünfzehn Minuten treffen die beiden Kriminal-Hauptkommissare Nath und Servers sowie die Spurensicherungs-Truppe am Tatort ein. Knapp eineinhalb Stunden lang wird untersucht, gesichert, verhört und doch müssen die Beamten letztendlich erkennen, dass es dem Mörder wiederum gelungen war, spurlos unterzutauchen! Die Truppe packt zusammen und verlässt, ebenso auch die beiden Kommissare, die Schule. Der Unterricht bleibt für den Rest des Tages geschlossen.

Langsam beruhigt sich die Szene, Hauptmann oben auf dem Regal dämmert vor sich hin und als er erwacht, ist die Schule so leer und ruhig wie in Ferienzeiten! Nun zwängt er sich aus seinem Versteck, klettert vorsichtig das Regal hinunter und wischt mit einem auf einem schmalen Bücherregal liegenden Flanelltuch den Staub von dem Regenschutz. Und er reinigt auch von den Knien abwärts die mit Staub verschmutzten Hosenbeine und auch die Schuhe! Dann begibt er sich zur Türe. Diese jedoch ist abgeschlossen, also muss er den Bau durch das Fenster verlassen! Eine ganze Weile steht er am Fenster und prüft, ob sich jemand über den Schulhof bewegt! Und so wie er es feststellen kann, dürfte sich weder von den Beamten, als auch von den Lehrkräften und auch von den Schülern niemand mehr auf dem Areal aufhalten!

Nun streift Hauptmann Mantel und Handschuhe ab und steckt beides in eine auf dem Tisch liegende leere Werbe-Tragetasche eines Kosmetik-Konzerns. Er öffnet das Fenster weit, klettert hinaus und überquert den Schulhof. Kein Mensch begegnet ihm, er möchte den Ausfahrts-Schranken passieren, da wird er plötzlich aus dem Wärterhäuschen von Robert Keile, dem Portier, höflich, aber doch bestimmt angesprochen:

„Verzeihung, bitte? Wo möchten Sie hin oder besser gesagt, woher genau kommen Sie denn?"

Hauptmann reagiert ohne Zögern und antwortet:

„Der Herr Nath, der Hauptkommissar, hat mich gebeten, mich nochmals am Tatort umzusehen! Er hat dort seine Untersuchungs-Handschuhe und seinen Schutzmantel vergessen! Naja, Gott sei Dank hab ich alles gefunden! Das war ja ein schrecklicher Überfall, finden Sie nicht auch?"

Der Portier kommt aus seinem Häuschen, sieht prüfend kurz in die Papiertüte und überzeugt sich, ob der Fremde auch die Wahrheit gesagt hat! Jetzt tritt er zurück und meint:

„Ist doch eine Sauerei, oder? Nicht einmal in einer Schule ist man vor diesem Verrückten sicher!"

Hauptmann nickt, hebt kurz die Hand zum Gruß und wendet sich auf dem Gehsteig nach rechts. Drei Gassen weiter hat er seinen Wagen geparkt.

In seinem Wärterhäuschen grübelt der ein wenig unsicher gewordene Robert Keile vor sich hin:

„Erstens: die Polizei ist abgehauen. Zweitens: der gesamte Lehrkörper ist schon weg! Drittens: kein einziger Schüler mehr ist auf dem Areal! Viertens: wozu braucht ein Kommissar seine gebrauchten Schutz-Handschuhe und seinen schmutzigen Schutz-Anzug?"

Robert Keile fackelt nicht lange herum und wählt die Nummer der Polizei. Er trägt seine ungeklärten Fragen vor und wird umgehend in das Büro von Hauptkommissar Nath verbunden! Es dauert keine zehn Minuten und ein Funkstreifenwagen holt Keile ab. Man bringt ihn ins Polizei-Hauptquartier und dort wird er gleich hinauf in Naths Büro gebracht! Kriminal-Hauptkommissar Nath begrüßt den Portier, bietet ihm Platz an und setzt sich ihm gegenüber an seinen Schreibtisch.

„Herr Keile, vorerst einmal danke ich Ihnen herzlich, dass Sie sich gemeldet hatten: wie Sie sich denken können, hilft uns vielleicht jeder auch noch so unwichtig erscheinende Hinweis, diesen Verrückten zu fassen!"

Keile nickt zustimmend und meint:

„Naja, Herr Kommissar, der Mann entspricht eigentlich, so wie ich das jetzt erst erkenne, doch sehr der von euch an die Medien durchgegebenen Beschreibung! Aber da hab ich vielleicht doch ein bisschen langsam gedacht!"

„Aber nicht doch, Herr Keile!" beruhigt Rajesh den Mann „Man hat ja doch auch andere Dinge im Kopf, oder? Und nun erzählen Sie bitte, wenn möglich, in allen Einzelheiten, was sich heute beim Schranken abgespielt hat!"

Nach fünf Minuten weiß Rajesh, dass der Mörder die gesamte Truppe unfassbar kaltblütig an der Nase herumgeführt hatte! Natürlich wird erneut ein Spurensicherungs-Team zum Tatort bestellt und was noch möglich ist, wird gesichert! Auch Kommissar Severs, der nun ebenfalls anwesend ist, schüttelt den Kopf und ruft:

„Ist denn das die Möglichkeit? Kann ein Mensch sich noch so dreist, so unverfroren verhalten, nachdem er einen Mordversuch begangen hat?"

Jetzt begeben sich die Herren in die Asservatenkammer. Alle drei gehen langsam die Gänge zwischen den Regalen ab und versuchen sich vorzustellen, wie es der Mörder anstellen konnte, trotz Anwesenheit von Polizei, Arzt, Kollegen der Ermordeten, etc. unentdeckt zu bleiben! Jetzt erklimmt Mick das Regal in der ersten Reihe vom Eingang aus gesehen. Er prüft die oberste Deckplatte, wischt vorsichtig mit der Hand darüber und erkennt: hier hat niemand gelegen, alles war mit einer dicken Staubschicht bedeckt! Ebenso verfährt er auf den Deckplatten der restlichen Regale und bei dem letzten hält er nickend an! Es war offensichtlich: hier oben hatte jemand gelegen! Der Staub war verschmiert und knapp, bevor das Regal an der Wand anstößt, kann Mike einige schmale Abriebspuren von Schuhsohlen erkennen!

Hauptmanns Leiden

Hauptmann ist zu Hause angekommen, hat den Wagen in die Garage gefahren und begibt sich mit der Tragetasche hinüber in die Werkstatt. Dort verbrennt er wie üblich die Beweisstücke, den Regenschutz sowie die Handschuhe, geht hinauf in den ersten Stock und duscht eine volle Viertelstunde. Danach nimmt er im Wohnzimmer auf der gemütlichen Wohnlandschaft Platz. Wie er sich jetzt nach vor beugt, um die Fernbedienung für das TV-Gerät an sich zu nehmen, läuft plötzlich wieder der Film der letzten zwei Stunden vor Hauptmanns geistigem Auge ab:

Der völlig unkomplizierte Eintritt in das Areal der Schule, das Ausspionieren der unteren Räumlichkeiten inklusive der Asservatenkammer und danach der Überfall auf die ahnungslose, aber doch äußerst wehrhafte Lehrkraft! Und wieder, wie damals nach dem Mädchen-Morden, springt Hauptmann auf, rennt keuchend hin und her und beginnt, mit heiserer Stimme zu schreien! Er hält sich den jetzt schmerzlich pochenden Kopf mit beiden Händen und sein Schreien geht in ein Wimmern über! Er sinkt zu Boden, rollt sich wie ein Embryo zusammen und zuckt wie unter elektrischen Schlägen! Plötzlich rinnen Tränen seine Wangen herunter und vermischen sich mit dem aus seinem Mund auf den Teppich tropfenden Schaum!

Jetzt dreht sich Hauptmann auf den Rücken! Er weiß, was jetzt kommt und möchte das mit allen Mitteln verhindern! Aber er kann sich nicht dagegen wehren: wie ein Panoptikum ziehen vor seinem geistigen Auge alle seine Opfer vorbei! Die einen sieht er nur von vorne, manche erkennt er gar nicht genau, aber er weiß: er hat sie alle zu Tode gebracht!

Aber für jedes Opfer hatte er sein Eichenblatt mitgehabt! Jetzt öffnet Hauptmann seine Augen und beginnt, wie in Trance zu lächeln: er hat sie alle mit seinem Markenzeichen versehen, sodass man weiß, dass nur ER und niemand sonst diese schrecklichen Taten verübt haben konnte! Nur *seine* Schnitzarbeiten weisen diese eingebrannten, würgenden Hände auf!

Und mit einem Mal setzt wieder diese Wandlung in seinem Kopf ein: Dieter Schelkens ist zurück in der Realtät und er erinnert sich gerne daran, wie er vor langer Zeit auf einem Flohmarkt diesen Brennstempel gesehen hatte! Der hatte ihn wirklich fasziniert und Dieter hatte ihn dann auch angekauft! Er hatte danach den Brennstempel in der Lade verwahrt und ihn lange Zeit nicht in die Hand genommen...

Dieter Schelkens' Tochter

Rosanne Pogert und ihre Tochter Liane haben es sich in einem kleinen Nebenhaus auf dem Areal von Rosannes Eltern häuslich eingerichtet. Liane hat sich zu einem hübschen 17-jährigen Teenager entwickelt! Ihre brünetten Haare, meistens zu einem Pferdeschwanz zusammengebunden, umrahmen ein offenes, hübsches Gesicht. Aus den großen, dunklen Augen sprühen Lebensfreude und Schalk, ihre kleine Stupsnase, der perfekt geschwungene Mund mit den beiden Wangengrübchen runden ihre angenehme Erscheinung perfekt ab! Liane ist mittelgroß und schlank und weiß sich immer flott und passend zu kleiden.

Monate schon geht Liane dieses für sie einfach eigenartige Verhalten ihres Vaters nicht aus dem Kopf: was kann das für ein Mensch sein, der sein eigen Fleisch und Blut verleugnet? Ihre Mutter hat sämtliche Fotos von Lianes Vater aus früherer Zeit vernichtet. Aus den wenigen Schilderungen ihrer Mutter weiß sie, dass ihr Vater von großem Wuchs ist, dunkles, dichtes Haar und sehr große Hände hat. Mit keinem Wort aber hat ihre Mutter Liane den Grund der seinerzeitigen Trennung wissen lassen! Mit ihren 17 Jahren jedoch ist Liane schon so weit, um sich begründete Fragen stellen zu können: kein Ehepaar geht grundlos auseinander!

Es hat Monate gedauert, bis es Liane gelungen war, die Adresse ihres Vater ausfindig zu machen! Er war einige Male umgezogen und es hatte gewaltiger Mühen und viel Zeitaufwandes bedurft, sie letztendlich doch an ihr Ziel zu führen: Ihr Vater wohnt zur Zeit drüben in Marienloh!

Es ist einige Minuten vor 17 Uhr. Liane sitzt im *Café da Bizzi* in der Innenstadt von Paderborn und erwartet ihre Freundin, Marla Röttger. Sie beobachtet durch das Fenster den wie üblich angehenden Abendverkehr. Wie viele dieser vorbeihastenden Menschen sind geschieden? Wie viele dieser vielen jungen Menschen sind Scheidungskinder und hatten vielleicht schreckliche Szenen zu erleben, bis die elterliche Trennung endlich voll durchgezogen war?

Einerseits vermisst Liane eine funktionierende Familie, andererseits aber hat sie unter einer schlechten Ehe ja nie leiden müssen! Und warum versperrt ihre Mutter sich so vehement vor einer klaren Aussage über den Grund der Trennung von Lianes Vater? Aber Liane weiß auch, dass der Besuch bei ihrem Vater einfach nicht ausbleiben wird können! Sie *muss* es wissen und soeben hat sie beschlossen, diesen Besuch noch heute Abend zu realisieren!

Sie hat eine Menge Freunde, fast ausschließlich aus dem Umkreis Schule und natürlich auch eine beste Freundin, Marla. Marla ist ausgesprochen hübsch und hat eine gertenschlanke Figur. Ihre Haut ist leicht olivfarben und sie trägt ihr tiefschwarzes, seidig glänzendes, langes Haar offen. Über ihren dunklen, immer ein wenig skeptisch blickenden Augen steht eine kleine steile Stirnfalte, was ihnen den Anstrich von Prüfung und Zurückhaltung verleiht.

Marla ist eingetroffen und nun sitzen die beiden vor ihren Cappuccini. Marla beobachtet Liane besorgt: die in letzter Zeit auffällige, gedankliche Abwesenheit ihrer Freundin beunruhigt Marla doch sehr! So kennt sie Liane überhaupt nicht und sie spürt, dass im Kopf ihrer Freundin etwas Belastendes, Drohendes ablaufen dürfte! Jetzt beugt sich Marla vor und fragt leise fordernd:

„Hey, du!?" Liane schreckt aus ihren Gedanken auf, fängt sich sofort und müht sich ein Lächeln ab, aber Marla gibt nicht so schnell auf: „Ich mache mir Sorgen, liebe Freundin, ehrlich! In den letzten Tagen fällt mir auf, dass du nicht Liane Pogert, sondern irgend ein neben mir hertaumelndes, verängstigtes Wesen bist! Was, Liane, was sollte es geben, das zwischen uns beiden denn nicht besprochen werden könnte?" Jetzt spitzt sie ihre Lippen und setzt nach: „Und, bitte, mein Schätzchen, erzähl mir jetzt nicht, dass du frisch verliebt bist, ja? So sieht niemand aus, der frisch verliebt wäre!"

Liane hat ihren Kopf erhoben, blickt ihrer Freundin lange in die Augen, nimmt einen Schluck aus ihrer Tasse und meint mit verhaltener Stimme:

„Mein…Vater ist es, Marla, mein Vater! Und er beschäftigt mich seit einigen Tagen so sehr, er geht mir ununterbrochen im Kopf um!

Und irgendwie drängt mich etwas, Kontakt mit ihm aufzunehmen!"

Sie hält inne, lehnt sich in ihrem Stuhl zurück und schließt erschöpft die Augen. Und Marla ist total überrascht! Liane und ihr Vater? Da gibt es doch nullkommanull Beziehung! Und bis heute hatte Marla das Gefühl, dass ihre Freundin auch kein irgendwie geartetes Interesse an ihrem Erzeuger hat! Und nun das? Marla sucht nach Worten, um den Versuch zu starten, ihrer besten Freundin helfen zu können! Sie beugt sich weiter vor, sodass Liane sie nun ansehen muss und sagt:

„Das verstehe ich, liebste Freundin, du solltest dich aber schon fragen, was dir eine Begegnung mit ihm bringen kann? Wie meinst du, kann euer Treffen im Detail wohl aussehen?"

Lianes Gesicht bekommt einen leicht verzweifelten Ausdruck und sie hebt hilflos ihre Schultern.

„Dieser Mann, Liane, hat dich verleugnet!" setzt Marla nach „Er hat nur, weil ihm dies das Gesetz vorschreibt, regelmäßig für dich bezahlt! Eine wohl außerordentlich große Tat, findest du nicht auch?" Der ironische Ton in ihrer Stimme tut ihr sofort leid und sie fährt hastig fort: „Er hat deine Mutter sitzengelassen, einfach so! Du weißt auch nicht, weshalb diese Ehe auseinandergehen musste, aber wir beide sind alt genug um zu wissen, dass niemand so etwas aus Jux und Tollerei durchzieht, oder?"

Liane hat dem doch etwas emotionalen Vortrag ihrer Freundin ruhig zugehört. Nun nickt sie, sieht Marla direkt in die Augen, setzt ein leichtes Lächeln auf und meint:

„Du bist doch die Beste, meine liebe Marla! Aber ich glaube, solange ich diesen Menschen nicht persönlich getroffen und mit ihm gesprochen habe, werde ich wohl nie wirklich Ruhe finden können!"

Marla bejaht Lianes Standpunkt ebenfalls mit einem Nicken und fragt mit zweifelnder Miene:

„Und? Wie meinst du, soll es jetzt weitergehen?"

„Ich werde ihn besuchen, gleich jetzt!" bestimmt Liane zu Marlas Überraschung „Und ich würde mich freuen, könntest Du mich hinaus nach Marienloh fahren. Ich kenne meinen Vater ja überhaupt nicht und vielleicht willst du im Wagen auf mich warten, solange ich bei ihm bin? Ich habe so meine Vorstellung von diesem Treffen, Marla: ich werde unser erstes Treffen dazu nützen, mich erst einmal höchstens fünfzehn Minuten lang mit ihm zu unterhalten und wenn ich nach dieser Zeit nicht wieder herauskomme, dann rufst du bitte sofort die Polizei!"

Marla hat Liane entgeistert zugehört und Liane setzt nach:

„Würdest du das für mich machen, liebste Marla?"

Marlas Gesicht ist ernst geworden, ihre Augen haben sich zu engen Schlitzen zusammen-

gezogen und darauf folgt die bei vielen Menschen
übliche Reaktion: nämlich zuerst sich zurücklehnen und danach folgt das Verschränken ihrer
Arme vor der Brust. Liane nickt resigniert, hebt
kurz abwehrend ihre Hände und sagt:

„Okay, okay, Marla, das war ja nun doch ein
wenig zu viel verlangt! Aber ich verstehe dich
total, wenn du da nicht mitspielst!"

Sie nimmt ihr Handy und verstaut es in ihrer
Handtasche. Dann winkt sie dem Servierfräulein
zum Zahlen.

„Na, na!" wirft Marla jetzt ein „Hatte ich
eben nein gesagt? Gar nichts habe ich gesagt,
Liane! Aber eine Minute darfst du mir für meine
Entscheidung schon gewähren!"

Die Kellnerin ist an ihren Tisch getreten, sie
begleichen ihre Rechnungen und das Mädchen
entfernt sich wieder. Marla hat nun ihre Arme vor
sich auf den Tisch gestützt, sieht Liane direkt an
und flüstert:

„Aber sicher bin ich dabei, du Dummer-
chen! Denkst du, ich lasse meine beste Freundin
allein und schutzlos zu einem Mann ins Haus
gehen, den sie noch nie in ihrem Leben gesehen
hat? Obwohl er ihr Vater ist?"

Liane holt tief Luft, steht auf, beugt sich zu
ihrer Freundin hin und küsst sie zärtlich auf die
Stirn:

„Danke, Marla, ganz, ganz großen Dank
dafür, dass du mich heute bei meinem Vorhaben
nicht alleine lässt!" Sie hängen sich ihre Jacken

um, verlassen das Lokal und gehen hinüber zur Tiefgarage, wo Marla ihren Wagen geparkt hat.

Zirka zwanzig Minuten später erreichen sie das kleine, schmucke Haus im Stadtteil Marienloh! Langsam beginnt es, dunkel zu werden und im Erdgeschoss sehen sie das Licht an. Eine Minute noch bleibt Liane etwas unschlüssig sitzen. Dann macht sie einen tiefen Atemzug, sieht noch kurz hinüber zu Marla, diese tätschelt Lianes Hand und meint ein wenig aufheiternd:

„Los, los, du verleugnetes Kind! Schau ihn dir nur an, deinen Erzeuger! Und wenn er keck wird, sag ihm, dass draußen deine Freundin mit einem Wagenheber wartet, den sie ihm mit Genuss überziehen wird!"

Mit einem gequälten Lächeln steigt Liane aus, geht zum Gartentor und betätigt die Klingel. Einige Zeit tut sich nichts, dann meldet sich eine raue, unfreundlich klingende Männerstimme über die Torsprechanlage:

„Ja, bitte?"

Liane holt einmal noch tief Luft und sagt:

„Ich bin's, Papa, Liane...deine Tochter!"

Dann ist gar nichts mehr zu hören. Liane wartet zu, unauffällig blickt sie nun zu dem erleuchteten Fenster hin und bemerkt dort eine leichte Bewegung der Gardinen. Plötzlich wird das Licht in dem Raum abgedreht und alle Fenster im Haus sind dunkel.

Es ist für Liane und nun auch für Marla, die ja alles aus nächster Nähe beobachten kann, schon eine gespenstische Szene! Was es genau ist, das

Liane dazu animiert, die Klingel nochmals zu betätigen, weiß sie später nicht mehr, aber sie tut es und wartet. Nun kann sie vernehmen, dass die Sprechanlage betätigt wird und nun hört sie ein verhaltenes Atmen!

„Hey, Papa!" ruft sie leise „Ich bin´s, Liane und ich will gar nichts von dir, ich…ich… möchte …tja…ich möchte dich einfach nur… kennenlernen!"

Wieder nichts, enttäuscht möchte sich Liane schon abwenden, da ertönt plötzlich der Türsummer und das Tor springt einen Spalt weit auf! Liane zögert. Der Moment der Wahrheit ist zum Greifen nahe! Einmal noch dreht sie sich zu Marla um, diese bedeutet ihr mit erhobenem Daumen, die Sache anzupacken und Liane stößt das Tor auf. Sie geht über den mit wunderschönen, teuren Bodenplatten belegten Weg bis zum Haus und dann hinauf über fünf Stufen, die zur Haustür führen.

Eben möchte sie die Hand heben und den Klingelknopf betätigen, als automatisch die Beleuchtung für den Eingang eingeschaltet wird. Im selben Moment geht im Flur das Licht an und die Haustüre wird langsam und geräuschlos geöffnet. Immer weiter geht sie auf und nun steht hinter der offenen Türe im Flur ein Hüne von Mann. Mit neugierigem Blick mustert er Liane ein paar Sekunden, dann zwingt er sich ein Lächeln ab und mit einer unangenehm rauen Stimme bittet er sie herein!

Man darf annehmen, dass niemand sich für solch eine Begegnung einen festen Plan vorbereitet und diesen auch exakt so durchzieht! Lianes Herz pocht bis zum Hals, sie zwingt sich ein Lächeln ab und tritt ein. Ihr Vater schließt hinter ihr die Türe, Liane ist im Flur stehengeblieben und wartet ab, bis ihr Vater vorgeht.

„Ja, ich gehe schon mal vor!" meint er mit seiner heiseren Stimme und betritt durch die erste Türe links das Wohnzimmer. Liane folgt ihm zögernd und hält nach drei Schritten wieder an.

„Aber setz dich doch!" ermuntert sie Schelkens „Darf ich dir etwas zu trinken anbieten?"

Liane hebt sofort abwehrend ihre Arme und entgegnet:

„Nein, nein danke, Papa! Ich kann nicht lange bleiben, ich hab noch für die Schule jede Menge zu tun! Aber danke für die Einladung!"

Sie haben auf der Wohnlandschaft Platz genommen, rechts von Liane ihr Vater. *Alles an ihm ist riesig!* denkt Liane: *Sein Körper, sein Kopf, seine Hände, er ist ein richtiger Ur-Mensch!* Und dieser Hüne sieht sie jetzt prüfend an.

„Schule? In welche Schule gehst du denn?"

„Ich besuche die Oberprima und bin in der siebten Klasse" antwortet sie „Und da muss man schon sehen, dass man nicht hintenan bleibt mit dem Stoff! Das könnte dann gegen Schulende bitter ausgehen!"

Jetzt kann sie sogar ehrlich lächeln und auch ihr Vater nickt zufrieden! Nun erhebt er sich, geht zur Wohnwand, öffnet eine Klappe und entnimmt der Hausbar zwei Sherry-Gläser. Liane beobachtet ihn und denkt erneut: *Er ist ja wirklich ein Riesenkerl!* Nun meint er:

„Auch wenn du mir einen Korb gegeben hast, meine Tochter,“ meint er „einen kleinen Sherry wirst du mir aber zur Feier des Tages nicht abstreiten?“

Wieder muss Liane lächeln! Ihr Vater schenkt die Gläser voll und Liane fallen seine groben, riesigen Hände auf! Die beiden gefüllten Gläser verschwinden beinahe in diesen Händen! Nun prosten sie sich zu und nippen an ihren Gläsern. Er hat wieder Platz genommen und meint:

„Hast du schon den Führerschein, Liane?“ fragt Schelkens und dreht seine Daumen zwischen den Fingern seiner riesigen Hände. Liane beobachtet diese Bewegung unauffällig und mit einem Male überkommt sie das Gefühl einer sich drohend nähernden Gefahr! *Was passiert wohl*, fragt sie sich, *wenn etwas ungewollt zwischen diese riesigen Hände gerät?* Aber sie zwingt sich, ihrem Vater zu antworten und meint:

„Zur Zeit bin ich ganz krass mit Lernen beschäftigt, Papa!“ gibt sie ihm Auskunft „Ich wüsste nicht, wo ich die Zeit für Fahrstunden und noch dazu die Zeit zum Studieren für die theoretische Prüfung hernehmen sollte!“

Er zwingt sich ein Lächeln ab, zieht die Mundwinkel nach unten und bestätigt ihr:

„Tja, oftmals hat man nicht die Zeit für zwei
wichtige Aufgaben zugleich, nicht? Und…“ er
hält inne, sieht sie an und fährt fort: „…wie…wie
geht es dir sonst? Vielleicht schon richtig verliebt,
he?“ Er hebt seine riesigen Hände abwehrend bis
in Schulterhöhe und fügt rasch hinzu: „Entschuldige bitte, aber das ist heute schon etwas
überraschend für mich gekommen, Liane! Ich
möchte ja nur…“

„Gar nichts musst du, Papa, gar nichts!“
unterbricht ihn Liane sanft und setzt noch hinzu:
„Ich hatte nur das ehrliche Bedürfnis, meinen
Vater kennenzulernen! Und alles, das du mir jetzt
erzählen möchtest, das holen wir bei meinem
nächsten Besuch nach, ja? Ich muss nun gehen,
meine Freundin wartet im Wagen draußen!“

Sie erhebt sich und Schelkens begleitet sie
zur Haustüre. Hier hält Liane an, sie stehen sich
etwas unbeholfen gegenüber, keiner von beiden
weiß, wie er sich nun verhalten soll und Liane tut
das einzig Richtige: sie reicht ihrem Vater die
Hand, die er sofort ergreift. Mit einem festen
Händedruck endet die erste Begegnung Lianes mit
ihrem leiblichen Vater. Allerdings mit der Zusage,
sich für den nächsten Besuch bei ihm anzumel-
den! Zu dem Behufe entnimmt Schelkens einem
auf der Vorzimmerkommode bereitliegenden Stoß
Visitenkarten eine davon und überreicht sie Liane.

Die Haustüre hat sich hinter Liane geschlossen, sie geht zum Wagen hinüber, steigt ein und
bleibt wortlos sitzen. Marla verkommt beinahe vor

Neugier! Sie kann nicht mehr an sich halten und fragt:

„Na? Was war das nun für ein Theaterstück, liebste Liane?"

Die Angesprochene zögert etwas mit ihrer Antwort. Nun wendet sie sich Marla zu und sagt emotionslos:

„Gar nichts war das, Marla, gar nichts! Aber auch nicht ein einziges Mal hat er nach der Mutter seiner Tochter gefragt…".

Und kaum hat seine Tochter das Haus und den Garten verlassen, beginnt in Dieter Schelkens dieser schon so oft durchgemachte, furchtbare Ablauf:

Seine Gedanken wirbeln plötzlich völlig unkontrolliert durcheinander wie Herbstlaub im Sturm! Nie gehörte Geräusche fahren in seinem Kopf umher, erst ein Brausen, dann ein Gurgeln, ein schrilles Pfeifen! Dieter verkrampft seine beiden riesigen Hände um seinen Kopf, sinkt auf die Knie und plötzlich entringt sich ein furchtbarer Schmerzensschrei seiner Kehle: zwischen Hauptmann und Schelkens taumelt sein gequältes Gemüt hin und her! Gleich lassen die Schmerzen und die Geräusche nach und nach einer Minute sitzt Dieter mitten im Wohnzimmer auf dem Teppich, blickt um sich und schüttelt nur den Kopf! Er weiß nicht, was eben mit ihm passierte, aber er ahnt, dass ihn soeben etwas Schreckliches heimgesucht hatte!

Nun fällt ihm wieder der Besuch seiner Tochter ein. Dieter erhebt sich, geht zur Bar und nimmt ein Whisky-Glas heraus. Dieses füllt er zur Hälfte voll mit Eiswürfeln und schenkt sich einen Straight Bourbon ein. Er gibt noch einige Eiswürfel dazu und setzt sich damit in seinen Lesefauteuil.

Noch ist er verwirrt, was dieses unerwartete Auftauchen seiner Tochter hier in seinem Hause bedeuten sollte: machen das alle jungen Töchter geschiedener Eltern? Versucht sie vielleicht, ihn als Schuldigen für seine kaputte Ehe zu markieren? Wahrscheinlich hatte ihr ihre Mutter nichts über ihn selbst und über den Grund der Scheidung erzählt! Den Verpflichtungen hinsichtlich Vaterschaft war er immer nachgekommen, aber nie hätte er damit gerechnet, dass seine Tochter ihn eines Tages aufsuchen würde! Und nun? Was sollte er mit dieser unerwünschten Begegnung? Diese ganze, natürlich menschlich nie aufgearbeitete Angelegenheit bereitet ihm großes, beinahe schmerzliches Unbehagen!

Dieter trinkt aus, stellt das Glas in der Küche ab und begibt sich zu Bett: er hat morgen Vormittag eine schwere Verhandlung und möchte ausgeschlafen sein!

Die Overtüre

Dieter Schelkens sitzt an seinem Schreibtisch im Büro und kann seine Gedanken nicht ordnen: der gestrige Besuch seiner Tochter bewegt ihn, lässt ihn nicht zur Ruhe kommen! Nie hatte er das so haben wollen, seine Familie hatte er für immer abgeschrieben! Mitten in seine Überlegungen hinein drängt sich ohne Vorankündigung ein sonderbares Geräusch zwischen seine Gedanken! Vorerst undefiniert, verbleibt es einige Sekunden im Hintergrund, wird zu einem dumpfen Gurgeln, um sich plötzlich in ein helles, quälendes ununterbrochenes Zischen zu verwandeln! Und aus diesem Zischen heraus dringt - zuerst von weit her, dann immer lauter werdend - der Hilfeschrei seiner Mutter! Schelkens Hände umklammern krampfhaft die Lehnen seines Hochlehners! Mit wankendem Oberkörper sitzt er am Schreibtisch, beginnt jetzt leise zu wimmern und aus dieser unkontrollierbaren Folter der Wandlung heraus entsteht…Hauptmann! Dieser verliert für einige Sekunden sein Bewusstsein und dann ist er wieder bei sich! Nur einen Augenblick betrachtet er mit verwirrtem Blick seine nun auf der ledernen Schreibunterlage liegenden, riesigen Hände. Er beginnt schwer zu atmen, schließt die Augen und zwingt sich, wieder ganz ruhig zu werden! Einem unwiderstehlichem Zwang folgend, wie von einer fremden Gewalt gesteuert, erhebt er sich, zieht seinen Mantel an geht hinaus zum Empfang. Seiner Sekretärin Carla gibt er kurz bekannt, dass er einen Arzttermin wahrnehmen muss und Carla bestätigt, freundlich wie immer:

„Aber selbstverständlich, Herr Schelkens! Ist ja hoffentlich nichts Ernstes?"

Er winkt nur kurz ab und verlässt das Büro. Als er auf den Lift wartet, überkommt ihn ein bedrückendes Gefühl der Angst und zugleich der fesselnden Spannung! Zu Hause angekommen, legt er im Flur seinen Mantel ab und begibt sich hinunter in den Keller, wo er die oberste Lade seiner Werkbank ganz herauszieht und sie auf einer daneben an der Wand stehenden Holzkiste ablegt. Dann beugt er sich wieder hinunter zu dem nun augenscheinlich leeren Ladenfach, sein rechter Arm verschwindet beinahe ganz darin und nun zieht er eine weitere Lade heraus! Diese legt er auf die Arbeitsplatte und betrachtet, plötzlich wieder schwer atmend, deren Inhalt: den hinteren Teil der Lade füllen kleine Päckchen Regen-schutzmäntel aus, im vorderen Teil liegen, jeweils zu 10 Stück in Kunststoffbeuteln verpackt und gestapelt, die blauen Einweghandschuhe. In der Mitte liegt ein Etui aus Jacaranda-Holz.

So als wäre es ein Weihnachtsgeschenk, öff-net er nun langsam das Etui, seine Augen begin-nen zu funkeln und sein Gesicht überzieht ein kindliches Lächeln! In dem Etui liegt ein aus hellem Holz geschnitztes Eichenblatt, welches am unteren Ende, knapp oberhalb des Stängelan-satzes, ein eingebranntes Symbol aufweist: ein Paar krallenartig geformte Hände! Einige Sekun-den betrachtet Hauptmann sein Werk, dann schließt er das Etui und steckt es in die linke Innentasche seines Sakkos. Jetzt wird sein Atem ruhig, mit verklärter Miene entnimmt er dem Karton einen der Regenschutz-Mäntel sowie ein Paar Handschuhe. Mit den beiden Utensilien und dem Eichenblatt begibt er sich wieder hinauf in den Flur. Den Regenschutz und auch die Handschuhe verstaut er in seinen beiden äußeren Manteltaschen. Danach besteigt er in der Garage seinen Wagen und verlässt das Haus. Garagentor und Einfahrtstor werden automatisch geöffnet und geschlossen.

Hauptmanns Puls schlägt wieder gleichmäßig, ruhig steuert er den Wagen Richtung Innenstadt und außer seinem Ziel, jemanden heute zu Tode zu bringen, hat in seinem Kopf nichts anderes Platz!

Der Mord

Edith Burghahn, verwitwete 79-jährige Paderbornerin, ist eben auf dem Nachhauseweg von Ihrem nachmittäglichen Kaffee-Treffen mit ihren Freundinnen im Café *Söllinger* im Zentrum der Stadt. Es ist angenehm warm, Frau Burghahn ist nur mit leichten, dunkelblauen Hosen und einer grauen Bluse bekleidet. Sie war vormittags noch beim Friseur und sie hat sich dezent geschminkt, um dem kleinen wöchentlichen, letztendlich aber doch nichtssagenden Konkurrenz-Kampf am Kaffeehaustisch auch erfolgreich zu entsprechen!

Soeben biegt sie in den Asternweg ein, als sie durch eine undeutliche Schaufensterspiegelung beobachten kann, wie aus dem Haustor gegenüber ein Mann heraustritt. Irgendetwas Unbestimmtes lässt Edith Burghahn sich umwenden und den Mann betrachten: sie erkennt einen großen, mit für diese Jahreszeit nicht passendem Mantel mit übergezogenem Regenschutz und grauer Schieberkappe! Eine unerklärliche Unruhe bemächtigt sich ihrer und im Moment kann sie nicht sagen, was genau ihre Nervosität hervorruft! Es dauert nur einige Sekunden und plötzlich sieht sie die Suchmeldung im Fernsehen von letzter Woche wieder vor sich: dieser Triebtäter, der alle seine Opfer erwürgt und dann sein Markenzeichen, ein geschnitztes Eichenblatt auf seinen Opfern zurücklässt! Könnte dieser Typ da drüben dieser Verrückte sein? Sie geht einige Schritte weiter bis zu ihrem Haustor, dort hält sie an und sucht in ihrer Handtasche nach dem Torschlüssel. Niemand sonst hält sich in dieser kurzen Seitengasse auf und in Edith Burghahn steigt ungewollt eine schreckliche Angst hoch! Sie blickt sich abrupt um, aber der Mann ist nicht mehr zu sehen! Sie beruhigt sich und beginnt, die Türe aufzusperren. Sie drückt wie immer das schwere Haustor mit Mühe langsam auf bis sie es so weit offen hat, um hindurch in den Flur gehen zu können. In dem Moment packen sie von hinten zwei kräftige Hände an den Schultern und drücken sie in den Hausflur! Edith weiß, dass eine der wichtigsten Gegenmaßnahmen bei einem Überfall ist, laut um Hilfe zu schreien! Sie reißt ihren Mund auf, aber sogleich legt sich eine dieser riesigen Hände darauf, die andere umfasst mit brutaler Gewalt ihren Hals und drückt unbarmherzig zu! Edith Burghahn verliert nach einigen Minuten dieser schrecklichen Tortur den hoffnungslosen Kampf um ihr Leben! Und wieder steht der Mörder mit vor seinem Bauch gefalteten Händen einige Sekunden über ihren leblosen Körper gebeugt, dann löst sich seine Starre und er greift in die Innentasche seines Mantels, um seine Eichenblatt-Trophäe hervorzuholen. In diesem Moment wird in einem der oberen Stockwerke eine Türe geöffnet und eine Frauenstimme ruft:

„Also, dann, Schwesterherz, ich erledige das mit der Möbel-Lieferung gleich heute Nachmittag und gebe dir dann Bescheid! Tschü-tschü!“

Nach einigen Worten des Dankes fällt die Türe zu und Hauptmann hört jemanden die

Treppen herunterkommen. Sein Herz beginnt zu rasen, er weiß nicht sofort, wie er reagieren soll! Jetzt ist eine große Angst bei ihm! Solch eine Szene hatte er ja, außer letzthin in der Asservaten-Kammer des Gymnasiums, noch nie durchlebt und daher fehlt ihm auch das entsprechende Konzept, wie *hier* zu verfahren sei!

Die Frau dürfte nun den ersten Stock erreicht haben, Hauptmann kann oben durch das Stiegen-Geländer bereits ihre Beine sehen, da gibt er sich einen Ruck und - ohne seine Trophäe zu hinterlassen - flüchtet er wie von Geistern gehetzt aus dem Haus! Draußen zwingt er sich, nicht aufzufallen, obwohl sich außer ihm niemand in der Gasse aufhält: er verlangsamt seinen Schritt und als er um die Ecke auf die Hauptstraße biegt, kann er hinter sich die schrillen Hilfe-Schreie einer Frau vernehmen! Gerade kommt ihm an der Ecke auf dem Trottoir der elfjährige Peter Honbühel auf seinem Skateboard entgegen und hätte ihn unaufmerksam beinahe angefahren! Mit einem kleinen Satz zur Seite weicht Hauptmann dem Kind aus! Aber er kann sich reaktionsartig nicht zurückhalten und ruft dem Buben verärgert nach:

„Pass doch auf, blöder Kerl!"

Peter hält sofort an, dreht sich zu dem Mann um und entschuldigt sich laut und vernehmlich! Aber mit einem Mal sieht er nicht den Passanten, den er beinahe angefahren hätte, nein: er sieht einen hochgewachsenen Mann im Regenschutz-Mantel mit grauer Schiebermütze, der sich soeben blaue Kunststoffhandschuhe abstreift! Instinktiv springt er wieder auf sein Board und saust im Eiltempo davon!

Zuhause angekommen, sitzt er eine ganze Weile wortlos im Wohnzimmer und beobachtet seine Mutter, die strickend vor dem offenen Kamin sitzt, auf dem Boden neben sich zwei große verschiedenfarbene Wollknäuel. Die ungewöhnliche Stille im Raum lässt sie in ihrer Arbeit innehalten. Sie richtet sich dehnend in ihrem bequemen Lehnstuhl ganz auf, dreht sich zu ihrem Sohn hin und fragt mit scherzhaftem Unterton in der Stimme:

„Nun, Herr Graf Peterle? So schweigsam heute? Gibt's denn gar nichts zu berichten?"

Peter hat seinen Kopf ganz seiner Mutter zugewandt, blickt jetzt zu Boden, atmet einige Male ein und aus und fragt:

„Mutti? Da hatten doch zuletzt die Zeitungen eine Suchmeldung über einen verrückten Kerl gebracht, der schon etliche Morde begangen hat! Kannst du dich an die Beschreibung erinnern?"

Ein wenig belustigt sieht die Frau ihren Sohn eine Weile an, schüttelt den Kopf und fragt:

„Wir haben, mein kleiner Prinz, doch nie über diesen Mörder gesprochen, oder? Und warum interessierst du dich gerade heute für diesen Fall?"

Aber Peter lässt nicht locker:

„Die Beschreibung, Mutti! Die Beschreibung, bitte!"

Verwundert schüttelt Frau Honbühel erst einmal den Kopf, erhebt sich aber dann doch und geht hinüber zu dem Zeitschriftenhalter. Diesem entnimmt sie nach kurzem Suchen eine Tageszeitung älteren Datums, die sie aufbewahrt hat und die sie zum Unterzünden im Kamin verwenden kann. Diese legt sie ihrem Sohn nun vor ihn auf den Tisch und meint:

„Bist du vielleicht doch so nett, Peterle, und sagst deiner Mutter endlich, was dich an diesem Fall denn so interessiert?"

Peter hat die Zeitung aufgeschlagen, einige Seiten weitergeblättert und sieht nun den Polizeibericht über diesen Verrückten! Er liest sich alles genau durch, dann wendet er sich seiner Mutter zu und sagt, nachdem er sich einige Male räuspern muss, mit heiserer Stimme:

„Ich glaube, Mutti, ich bin ihm vorhin doch glatt begegnet! Und zwar in der Perlstraße, er kam eben um die Ecke aus einer Seitengasse, ich glaube, das…das war der Asternweg!"

„Und wieso meinst du, konntest du ihn so genau sehen?"

„Ich hätte ihn beinahe umgefahren!" entgegnet ihr Peter „Und er hat mir etwas nachgerufen, daraufhin bin ich stehengeblieben! Und als ich mich umdrehte, um mich zu entschuldigen, da hab ich ihn natürlich etwas genauer sehen können! Und gerade da hat er sich blaue Kunststoffhandschuhe von den Händen gerissen!" Mit gesenktem Kopf denkt er nach und fährt fort: „Und so einen Regenüberziehmantel, den hat er auch getragen und auch diese beschriebene hellgraue Schiebermütze!“

Jetzt sieht er seine Mutter gerade an und sagt ganz ruhig:

„Mutti! Das war er! Ich weiß es! Das war er ganz, ganz bestimmt!“

Mit höchst besorgtem Gesicht starrt ihn seine Mutter an, schüttelt langsam ihren Kopf und flüstert:

„Mein Gott, Peterle!“ ruft die Mutter entsetzt „ Du lieber Himmel! Das ist ja furchtbar, du bist einem Massenmörder begegnet, mein Gott, oh mein Gott! Wir müssen sofort die Polizei verständigen, ja?“

Damit springt sie auf, nimmt ihr Handy von der Anrichte und wählt den Polizei-Notruf.

Hauptmann in Not

Nach dem unerfreulichen Zusammentreffen mit diesem Jungen ist Hauptmann in höchster Aufregung! Gleich, nachdem der Junge verschwunden ist, betritt er ein offenes Haustor und begibt sich über den langen Flur nach hinten zu einer Kellertreppe. Diese steigt er einige Stufen hinab und beginnt, sich seines Regenschutzes zu entledigen! Diesen, die Handschuhe und seine Schieberkappe rollt er ganz fest zusammen und verstaut alles wie immer in den Taschen des Mantels. Noch immer ist er ein wenig atemlos, das alles war zu viel für ihn! Und seine Trophäe, die hat er auch nicht angebracht! Er verlässt das fremde Haus und begibt sich zu einer ca. 200 Meter entfernten Bus-Haltestelle. Hier nimmt er den Bus, der ihn in die Nähe seines Hauses bringt. Dort verfährt er mit seinen Mord-Utensilien wie gewohnt und nachdem alles entsorgt ist, macht er es sich im Wohnzimmer auf einem Liegesofa bequem und nach einigen Minuten ist der Mörder Willy Hauptmann vor Erschöpfung eingeschlafen...

Ein Licht am Horizont

Kommissar Rajesh Nath sitzt mit verzweifelter Miene an seinem Schreibtisch: er hat sich in seinem Stuhl weit zurückgelehnt und betrachtet die Decke des Raumes. Ein Uneingeweihter würde Rajeshs Position als eher entspannend deuten. Aber Rajesh ist alles andere als entspannt: soeben hat er die Nachricht von dem Mord am Asternweg hereinbekommen! Sein Kollege Mick ist sofort losgefahren und Rajesh hat ihm zugesagt, in Kürze nachzukommen! Er möchte jetzt nicht gleich zum Tatort hin: seit Tagen beschäftigt ihn ein Umstand, den er nicht greifen, ihn jedoch als äußerst wichtig für die Klärung dieser Mordserie zuordnen kann! Es ist wie ein amorphes Puzzle-Spiel, immer wieder glaubt er, das richtige Teil einsetzen zu können, aber jedes Mal passt es wieder nicht! Es scheint ihm wie der an einem Wollfaden hängende kleine Stoffball, den die Katze zum vielleicht hundertsten Male anspringt, ihn jedoch nicht zu fassen kriegt!

Soeben hat er sich entschieden, seinem Kollegen Mick zum Tatort zu folgen, als das Telefon auf dem Nebentisch läutet. Zuerst ist Rajesh unschlüssig, ganz sicher betrifft es nicht ihn, sondern seinen Kollegen von der Abteilung Menschenhandel! Aber wie die meisten Kriminalbeamten, die schon längere Zeit an einem kniffligen Fall arbeiten, hat auch Rajesh diesen automatisierten Zwang, keine auch noch so winzige Chance auszulassen! Und darum nimmt er das

Gespräch an und meldet sich mit seinem Namen. Eine etwas aufgeregt klingende Frauenstimme meldet sich und ruft:

„Hallo? Hören Sie, hier spricht Magda Honbühel vom Schäferweg! Mein Sohn Peter kam eben heim und berichtet, dass er zu 99% diesem lange gesuchten Massenmörder begegnet war!" Sie unterbricht kurz und meint noch: „Ja… und …was meinen Sie, sollen wir jetzt tun?"

Rajeshs Puls hat sich sofort merklich erhöht und er antwortet der Anruferin:

„Hören Sie, Frau…Honbühel? Geben Sie mir bitte Ihre genaue Wohnanschrift, ich bin so rasch ich kann, bei Ihnen. Ich werde dreimal kurz und dreimal lang läuten! So wissen Sie, dass ich es bin, ok?"

Rajesh kann die Erleichterung in der Stimme der Frau spüren! Sie bestätigt, gibt ihm die genaue Anschrift bekannt und Rajesh saust los! Mit Blaulicht und Folgetonhorn ist er in Rekordzeit an der Adresse und zwei Minuten später schon sitzt er im Wohnzimmer der Honbühels dem Knaben gegenüber! Natürlich weiß Rajesh aus Erfahrung, dass er nun besonders vorsichtig ans Werk gehen muss: Kinder im Allgemeinen neigen dazu, in ihren Angaben leicht zu übertreiben, wenn sie sich in einer wichtigen Position sehen! Rajesh blickt dem Jungen nun einige Sekunden lang direkt in die Augen. Im Normalfall zeigt sich dann eine gewisse Unsicherheit bei seinem Gegenüber. Dieser Junge jedoch erwidert seinen Blick ruhig, ohne wegzusehen und mit den Armen und verschränkten Händen auf seinen Schenkeln!

Rajesh ist beruhigt: er wird sich auf die Angaben dieses Knaben wohl verlassen dürfen und er beginnt vorsichtig:

„Nun, Peter, ich denke, das Beste wird sein, du versuchst erst einmal, deine Begegnung mit diesem Mann genau nachzuerzählen! Lass dir bitte Zeit, gib möglichst jede Kleinigkeit an, auch wenn sie dir vielleicht nicht erwähnenswert erscheint, ok?"

Peter nickt gehorsam, denkt noch ein wenig nach und gibt dem Kommissar die Begegnung detailgetreu wieder. Rajesh hat sich einige Notizen gemacht, dann fragt er:

„Denkst du, dass du den Mann für die Anfertigung einer Phantomzeichnung beschreiben kannst?"

Jetzt wird Peter ein ganz klein wenig unruhig, er sieht hinüber zu seiner Mutter, die ihm aber aufmunternd zunickt!

„Tja…" meint er gedehnt, „ich werde es natürlich versuchen, aber…wenn ich dann doch das Eine oder Andere vergesse…?"

Rajesh lächelt ihm zu und antwortet:

„Locker, ganz locker bleiben, Peter, ok? Mach dir ja keinen Stress und versuche ganz einfach, dich an alles, was dir an diesem Mann aufgefallen war, gut zu erinnern! Je konzentrierter wir das durchziehen, desto mehr Details über diesen Mann kannst du wiedergeben! Ich denke, deine Mami, du und ich, wir sausen dann gleich ins Kommissariat, ich bestelle schon unseren Zeichner und wenn wir fertig sind, bringen wir euch natürlich wieder nach Hause zurück, ja?"

Entgegen Rajeshs Befürchtungen entsteht nach den Angaben des Jungen ein sehr gutes, ein glaubhaftes Bild und in Rajesh wird das Gefühl, diesem Mörder demnächst sein grausiges Handwerk legen zu können, immer stärker! Schon am nächsten Tag erscheint die Phantom-Zeichnung nicht nur in den lokalen Blättern, sondern auch in den Gazetten der angrenzenden Bundesländer!

Die Reaktionen der Leser sind nicht nur überwältigend, sie sind natürlich auch höchst mühsam zu bearbeiten! Nach etwa drei Wochen haben die Kriminalbeamten siebenundzwanzig Verdächtige festgenommen, sie alle verhört und sie danach leider wieder auf freien Fuß setzen müssen! Die beiden Beamten Rajesh und Mick sind frustriert: es kann nur sein, dass der Mörder seine Abbildung in den Zeitungen erkannt hat und sich nun bedeckt hält! Oder, was Mick befürchtet, waren die Angaben des Augenzeugen für den Zeichner vielleicht doch nicht genügend detailliert?

Aber Rajesh bleibt weiterhin optimistisch: es war das zweite Mal, dass der Mörder gestört wurde! Zwar hatte er sein Tötungsziel erreicht, aber beide Male hatte er seine Trophäe nicht hinterlassen können! Und es wird ihn hochgradig nervös machen, dass ihn nun doch jemand knapp nach seiner Tat sehen und beschreiben konnte!

25 Jahre zuvor

Die Schüler der 3. Klasse der Öffentlichen Realschule nahe Schloss Neuhaus haben sich, wie jedes Jahr anfangs Juni, morgens vor der Schule versammelt, um auf den Bus zu warten, der sie an ihr Ziel, dem Schulheim am Königsee, bringen wird. Unter den Kindern der gemischten Klasse sind auch Karl-Heinz Hillmann und Dieter Schelkens. Karl-Heinz ist ein magerer, rothaariger Bub, aber immer lustig und zu jeder Art verbotener Scherze aufgelegt! Sein Freund Dieter ist ein groß gewachsener, eher ungeschlachter, immer unfrisierter Typ mit für sein Alter bemerkenswert großen Händen. Die zwei Jungs sind seit ihrem Eintritt in die Unterprima dicke Freunde geworden und beide freuen sich riesig auf die gemeinsame Woche in dem Ferienheim!

Am dritten Tag ihres Aufenthaltes beginnt frühmorgens eine leichte Bergwander-Tour. Alle Kinder haben unter den wachsamen Augen der Professoren ihre entsprechende Ausrüstung einge-packt und nach einem Anmarsch von etwa einein-halb Stunden wird am Waldrand Pause gemacht. Die Schüler haben auf allen möglichen Gelegen-heiten Platz genommen und mampfen ihre Jausen in sich hinein.

Karl-Heinz hat eben seinem Rucksack ein ca. 15 Zentimeter langes, feststehendes Messer mit spitz zulaufender Klinge entnommen, um damit einen großen, herrlich frisch aussehenden rotbackigen Apfel zu teilen. Das Messer dürfte unglaublich scharf geschliffen sein, denn Karl-Heinz braucht nur ein wenig anzudrücken und der Apfel fällt in zwei Hälften auseinander!

Dieter beobachtet das Geschehen und als Karl-Heinz das Messer abgewischt hat, fragt er:

„Hey, Mister! Weißt du eigentlich, was man mit einem scharf geschliffenen Messer noch alles anfangen kann?"

Und mit diesen Worten entnimmt er seinem Rucksack zwei spezielle Schnitzmesser!

„Ach ja!" antwortet Karl-Heinz verwundert „Und was wirst du jetzt damit anfangen?"

Dieter lächelt leicht, nimmt seine beiden Messer und geht damit einige Schritte in den Wald hinein. Nach kurzer Zeit kommt er wieder, in seiner Hand das Stück einer etwa unterarmdicken, 25 cm langen und leicht verdrehten Wurzel in der Hand. Nun nimmt er neben Karl-Heinz Platz und beginnt, die Wurzel zuerst von Erdresten und von toten Insekten zu säubern und danach mit den Messern zu bearbeiten!

Und was Karl-Heinz nun zu sehen bekommt, kann er im Moment nicht glauben! Sein langjähriger Freund Dieter ist ein Phänomen, ein begnadeter Holzschnitzer! In knapp zwanzig Minuten hat Dieter aus der unansehnlichen Wurzel ein beeindruckendes Schnitzwerk produziert: in der gesamten Länge der Wurzel kann Karl-Heinz nun eine Bache mit ihren Frischlingen beim Äsen vor einer Reihe von dichten Büschen erkennen! Karl-Heinz ist sprachlos! Er sieht seinen Freund ungläubig an, kratzt sich die Stirn und meint:

„Sag mal, Dieter, wer weiß denn das?"

„Wer soll was wissen?" fragt Dieter.

„Na, bitte, jetzt stell dich nicht so an, ja? Das… das…was du das eben produziert hast, Dieter, das kannst du im Geschäft für lockere 80 bis 90 Euro verkaufen!"

„Na und?" entgegnet ihm Dieter scherzhaft „Siehst du hier irgendwo ein Geschäft?"

„Blödmann!" ruft Karl-Heinz aufgeregt „Du hast eine Gabe, um die dich tausende beneiden würden, könnten sie nur halb so gut schnitzen!"

Aber Dieter steigt nicht weiter ein. Das war ein Kinderspiel für ihn, er kann das eben und er möchte auch kein Theater daraus machen!

Karl-Heinz und Dieter besuchten diese Schule gemeinsam bis zur Oberprima, dann trennten sich ihre Wege: Karl-Heinz' Vater als Verkaufs-Chef eines großen Auto-Zuliefer-Konzerns übersiedelte mit gesamter Familie nach Frankreich und somit war der Boden für eine weitere Verbindung der beiden Burschen nicht mehr gegeben!

Die Ermittler

Hauptkommissar Rajesh Nath und sein Kollege Michael Severs sitzen noch spätabends in ihrem Büro, um die weiteren Schritte für den nächsten Tag durchzugehen.

„Mick," meint Rajesh und gähnt, dass es eine Freude ist „wir sollten alle, aber wirklich alle bislang aufgelaufenen Details nochmals Zug um Zug durchgehen! Mich plagt schon seit längerer Zeit so ein Gefühl, dass wir etwas übersehen haben könnten! Wir wissen, wie er mordet, wir wissen, dass er großartig schnitzen kann, wir wissen ungefähr, wie er aussieht, wir wissen, wie er sich verkleidet, um keinerlei Spuren zu hinterlassen! Das alles, lieber Kollege, liegt klar zutage und wir kommen nicht und nicht weiter! Das macht mich, ehrlich gesagt, halb verrückt und auch wütend!"

Mick hat sein Kinn in seine linke Hand gestützt und er sieht seinen Kollegen wortlos über den Schreibtisch hinweg besorgt an. Nun erhebt er sich und geht einige Schritte im Raum hin und her. Nach einiger Zeit bleibt er neben Rajesh stehen, setzt sich rechts von ihm auf dessen Schreibtisch und meint:

„Das glaube ich nicht, Rajesh, nein! Wir haben, ohne uns jetzt zu loben, hervorragende Arbeit gemacht, aber wie es manches Mal im Leben so kommt, mein Freund: das Schicksal lässt uns zappeln wie einen Fisch im Netz. Und der Fisch sieht, er weiß genau, wer sein Mörder ist, aber er kann sich nicht wehren! Und das, Rajesh, macht den feinen Unterschied: wir können uns wehren, wir müssen uns wehren, im Namen unserer Auftraggeber, nämlich im Auftrag unserer Mitbürger! Ich bin nicht ganz deiner Ansicht, dass wir etwas Wichtiges übersehen hatten, aber ich gehe mit dir konform, morgen alle vorliegenden Fakten nochmals genau durchzusehen, ok?“

Rajesh erhebt sich, klopft seinem Kollegen dankbar auf die Schulter und beide verlassen ihr Büro.

Gevatter Zufall

Karl-Heinz Hillmann hatte sich nach der Übersiedlung der Familie nach Frankreich entschlossen, Biologie zu studieren, was seinem Vater zwar nicht so besonders gefallen hatte, Karl-Heinz jedoch hatte sich durchgesetzt. Nach Abschluss des Studiums bekam er einen gut dotierten Job in einem großen Forschungslabor in Rennes, wo er sich nach einigen harten Jahren bis zum Geschäftsführer hochgearbeitet hatte. Karl-Heinz war ehelos geblieben. Ihn störte dieser Umstand nicht, da er sich nicht vorstellen konnte, mit seinen wochenlangen Auslandsreisen eine glückliche Ehe führen zu können! Aber mit seiner Schwester Marlene, die zurück nach Deutschland geheiratet hatte und die in Rüsselsheim lebt, pflegt er laufenden Kontakt! Und als ihm eines Tages beim Frühstück in einem Wirtschaftsblatt die Ausschreibung für die Übernahme eines kleinen, aber feinen Forschungslabors in der Nähe von Wiesbaden auffiel, besprach er die Angelegenheit mit seinem Vater. Dieser hatte zwar nicht unbedingt große Freude damit, dass sein Sohn wieder zurück nach Deutschland gehen wollte, sagte ihm aber doch sofort finanzielle Hilfe zu!

Heute ist Karl-Heinz Hillmanns Labor über die Grenzen hinaus für erstklassige Arbeit bekannt, das Geschäft läuft blendend und Karl-Heinz trägt sich nun schon länger mit Familiengründungs-Ideen!

Es ist Donnerstag, ein wunderschöner, klarer Spätsommertag und Karl-Heinz ist mit dem Wagen unterwegs zu einem Großkunden in der Nähe von Göttingen. Natürlich weiß er auch, dass er sich dann in der Nähe seines seinerzeitigen Heimatortes befinden wird und er entschließt sich spontan, nach dem geschäftlichen Termin einen Sprung nach Paderborn zu machen!

Jedoch durch einen Mega-Stau auf der Autobahn ist es überraschend spät geworden und Karl-Heinz hat umdisponiert: er steigt in Paderborn für eine Nacht in einem bekannten Hotel ab und plant, den morgigen Tag dafür zu verwenden, um vielleicht seinen ehemaligen Schulfreund Dieter Schelkens treffen zu können: er hat zwar keine Ahnung, wo der wohnt, aber er meint, irgendwie kann man das in heutigen Zeiten sicherlich herausfinden! Oben im Zimmer angekommen, ruft er Marlene, seine Schwester an:

„Hallo, Schwesterlein! Ich bin soeben in Paderborn angekommen, weil ich morgen versuchen möchte, meinen alten Schulfreund, den Dieter, zu besuchen! Du weißt ja, Marlene, diesen Burschen mit den goldenen Holzschnitz-Händen, ich hatte dir oft von ihm erzählt! Bin gespannt, ob ich ihn auffinden werde! Sonst bei euch alles in Ordnung?…Wie? Schon wieder Fieber, die Kleine? Mein Gott, das ist ja verrückt, oder? Ich glaube, jetzt hat doch schon die halbe Klasse die Grippe, oder?…Ok, Schwesterherz, ich melde mich morgen, ja? Küsschen!“

Im Frühstücksraum des Hotels liegt neben der Eingangstüre ein Stapel Tageszeitungen. Karl-Heinz nimmt sich eine mit, bestellt seinen Kaffee und schlägt die erste Seite auf. Sofort springt ihm die Phantom-Zeichnung des gesuchten Massenmörders mit den unterhalb angeführten, bis dato vorliegenden Fakten ins Auge. Ein sehr großer Mann? Mit extrem großen Händen? Muss ein begnadeter Holzschnitzer sein….ein begnadeter Holzschnitzer? Sofort ruft sich Karl-Heinz diese unglaublich perfekte Schnitzarbeit seines Freundes von damals während ihres Ferienaufenthaltes am Königsee ins Gedächtnis zurück!

Karl-Heinz′ Puls ist augenblicklich schneller geworden! Nochmals liest er den Artikel, besieht sich die Phantomzeichnung, kann daraus jedoch keine Ähnlichkeit mit seinem Schulkameraden erkennen. Er checkt aus und verschiebt telefonisch den vereinbarten Termin mit dem Kunden auf den nächsten Tag. Sein Navi-Gerät im Wagen bringt ihn zum Meldeamt der Stadt. Dort erkundigt er sich nach der Wohnadresse eines gewissen Dieter Schelkens und natürlich wird ihm umgehend mitgeteilt, dass private Daten nicht ausgegeben werden dürfen! Karl-Heinz versucht es nochmals und erklärt der älteren, sehr gepflegt wirkenden Dame am Schalter sein Problem:

„Sehen, Sie, liebe Frau, Dieter Schelkens und ich, wir waren doch so dicke Freunde! Ich weiß nicht, ob Sie sich das vorstellen können, aber ich bin sicher, auch Sie hatten oder haben eine beste Freundin? Und würden Sie diese aus den

Augen verlieren und nach zwanzig, dreißig Jahren die Chance bekommen, sie in ihrer alten Heimatstadt wieder zu treffen…wären Sie dem Meldeamt nicht auch dankbar, wollte man Ihnen dort weiterhelfen?"

Die Dame am Schalter sieht Karl-Heinz einige Sekunden an: der Mann macht ja doch einen seriösen Eindruck, sie kämpft noch ein bisschen und dann entschließt sie sich, zu helfen:

„Hören Sie, mein Herr, das darf ich jetzt wirklich nicht, aber ich werde Ihnen die zurzeit aktuelle Adresse von Ihrem Freund, diesem Herrn Dieter Schelkens geben! Aber…" jetzt beugt sie sich zu Karl-Heinz vor und ihre Stimme wird verschwörerisch „…nie, ja?... nie haben Sie von mir eine Adresse erhalten, ok?"

Karl-Heinz schwört Stein und Bein Verschwiegenheit, nimmt den Ausdruck an sich und sein Navi führt ihn hinaus zu der angegebenen Adresse. Vor einem netten Einfamilienhaus mit beige-brauner Fassade hält er seinen Wagen an, steigt aus und geht langsam auf das Gartentor zu. Er betätigt den neben einem Namensschild ohne Namen angebrachten Klingelknopf und nach ein paar Sekunden wird die Haustüre geöffnet. Ein älterer Mann mit schlohweißem Haar und randloser Brille tritt unter das Vordach und fragt nach Karl-Heinz´ Wünschen.

„Guten Tag, mein Herr!" sagt Karl-Heinz mit leicht erhobener Stimme, um auch gut gehört zu werden „Entschuldigen Sie bitte die Störung, aber ich suche einen alten Schulfreund, der hier gewohnt haben soll: er heißt Schelkens, Dieter Schelkens und ich wollte ihn nach so vielen Jahren besuchen!"

Der Mann kommt nun die paar Stufen in den Garten herunter, bleibt jedoch in sicherer Entfernung vom Gartentor stehen:

„Schelkens? Ja, den kannte ich doch: der wohnte hier gleich nebenan mit seiner Frau Rosanne! Sie haben nur die falsche Hausnummer! Eines Tages jedoch war sie unvermittelt ausgezogen! Und auch er war dann plötzlich weg, ich denke, das war so nach zirka zwei bis drei Monaten!"

„Aber," meint Karl-Heinz „wie, denken Sie, könnte ich ihn denn finden? Gibt es eine Adresse, wo man ihm zum Beispiel die Post nachschicken hätte können oder andere wichtige Nachrichten?"

„Hören Sie," antwortet der Hausherr „ich selbst hatte ja nicht so tollen Kontakt mit ihm, er war ja doch ein eher ungeschlachter Kerl, zwar immer höflich, aber irgendwie fehlte mir der Funke zu ihm, verstehen Sie? Aber warten Sie mal…" er dreht sich zur Türe hin und ruft ins Haus hinein: „Hey, Moni! Da ist jemand, der den Dieter Schelkens sucht! Und du warst doch ganz gut mit Rosanne, seiner Frau? Kannst du dem Herrn vielleicht weiterhelfen?"

Er wendet sich wieder Karl-Heinz zu und ruft verhalten und mit vorgehaltener Hand:

„Die beiden, meine Frau und Rosanne, die hatten doch beinahe täglich nachmittags ihren Kaffeeklatsch…"

Jetzt erscheint hinter ihm unter dem Vordach eine Walküre! Sie ist um einiges größer als ihr Mann. Sie trägt ein orange-blau gemustertes Hauskleid und hat ihre schwarzen Haare nach Indianerart mit einem breiten, roten Stirnband zurückgebunden. Sie hat ihre Augen zusammengekniffen, mustert den Mann da draußen vor dem Gartentor und meint dann zögernd:

„Naja, ich sollte das eigentlich nicht tun, aber…also, ich habe Rosannes Adresse hier. Versprechen Sie mir bitte, dass Sie sie nicht belästigen werden? Ich denke, viel Glück werden Sie bei ihr sowieso nicht haben: über ihren Mann nämlich werden Sie gar nichts erfahren! Ich weiß nur so viel, dass sie drüben in Esen gleich neben ihren Eltern ein Haus gekauft hat und dort angeblich wohnt!“

Sie gibt Karl-Heinz die Adresse und ist gleich wieder im Haus verschwinden. Ihr Mann steht noch einige Sekunden unter dem Vordach, dann zuckt er kurz mit den Schultern und folgt grußlos seiner Gattin ins Haus. Bald darauf hält Karl-Heinz vor einem kleinen, aber sehr gepflegt wirkenden Häuschen. Er kommt an das Gartentor und betätigt die Klingel neben dem Namen Pogert. Er bemerkt eine leichte Bewegung der Gardinen am Fenster, was darauf schließen lässt, dass jemand die Straße zu beobachten scheint. Kurz danach öffnet sich die Haustüre. Eine dunkelhaarige, hübsche Frau mittleren Alters erscheint im Türrahmen und fragt nach Karl-

Heinz' Wunsch. Er schildert ihr kurz, dass er seinen alten Schulfreund Dieter gerne wiedersehen wolle, aber die Frau schüttelt sofort ihren Kopf und meint spürbar abwehrend:

„Herr Schelkens wohnt nicht hier und ich weiß nichts über seinen jetzigen Aufenthaltsort!"

Karl-Heinz überlegt kurz: wenn Dieter ausgezogen war, dann sollte das Meldeamt doch seine neue Adresse haben?

„Entschuldigen Sie, bitte!" meint er noch „Ich war auf dem Meldeamt und dort gab man mir Dieters Anschrift in Neuenbeken! Seine dortigen Nachbarn haben mich dann hierher geschickt! Also nahm ich an…"

In diesem Moment erscheint neben der Frau ein Mädchen von vielleicht sechzehn, siebzehn Jahren. Karl-Heinz nimmt an, dass es sich um die Tochter von Frau Pogert handeln dürfte. Das Mädchen drängt sich nun an ihrer Mutter vorbei heraus vor die Haustüre und meint mit forschender Miene:

„Guten Tag! Wenn Sie ein guter Schulfreund meines Vaters waren, in welche Schule gingen Sie beide denn?"

Liane hat zwar keine Ahnung, welche Schule ihr Vater besucht hatte, aber sie denkt, sowohl die Antwort und auch *wie* diese vorgebracht werden würde, sollte die Seriosität des Mannes da draußen unterstreichen! Karl-Heinz lächelt und antwortet:

„Wir beide besuchten bis zur Oberprima die Öffentliche Realschule beim Schloss Neuhaus!

Aber meine Familie zog danach aus beruflichen Gründen nach Frankreich und so haben wir uns aus den Augen verloren!"

Liane bringt ein Lächeln zustande und meint:

„Das scheint in Ordnung zu sein! Mein Vater war einige Male umgezogen und das kann der Grund dafür sein, dass das Meldeamt Ihnen nicht helfen konnte: er wohnt jetzt drüben in Marienloh!"

Karl-Heinz kann erkennen, das die Mutter sich mit überraschtem Gesichtsausdruck ihrer Tochter zuwendet und verständnislos den Kopf schüttelt! Das Mädchen jedoch hebt die Hand, lässt sich nicht beirren und gibt ihm die aktuelle Anschrift ihres Vaters bekannt! Karl-Heinz bedankt sich und geht zurück zu seinem Wagen.

Rosanne und Liane

Die beiden Frauen stehen noch in der Türe, als Rosanne ihre Tochter leicht an der Schulter fasst und fragt: „Sag mal, Liane, was sollte das eben? Woher hast du die Anschrift deines Vaters und wozu eigentlich?"

Liane war sich immer bewusst, dass sie durch ihre Bemühungen, ihren Vater kennenzulernen, eines Tages das bislang ungetrübte Verhältnis zu ihrer Mutter empfindlich stören könnte! Aber für ihren ständig stärker werdenden Wunsch, ihrem leiblichen Vater eines Tages persönlich gegenüberstehen zu können, fürchtet sie eine Aussprache mit ihrer Mutter nicht! Nun tritt Liane an ihre Mutter heran, umarmt sie sanft, legt ihren Kopf auf ihre Schulter und sagt leise:

„Nie, Mutti, nie wollte ich dich hintergehen oder gar verärgern! Aber bitte versuche einfach, mich so weit zu verstehen, dass mir das Kennenlernen meines Vater wichtig erschien! Und in einem darfst du auch sicher sein: ich werde keinen wie immer gearteten, andauernden Kontakt zu ihm aufbauen wollen, beruhigt dich das?"

Damit sieht sie ihrer Mutter in die Augen, beide haben Tränen in den Augen, aber Rosanne resigniert und sie hat verstanden! Sie hatte ja immer damit rechnen müssen, dass ihre Tochter eines Tages diesen Schritt tun würde!

Dieter und Karl-Heinz

Karl-Heinz steigt ein und verharrt einen Moment lang: dies alles war ihm nun schon ein wenig zu viel! Er beschließt, seinen Freund Dieter doch erst gegen Abend aufzusuchen! Er meldet sich bei seinem Kunden und schafft es, den ursprünglich für morgen angesetzten Termin doch noch heute Nachmittag zu bekommen!

Es ist jetzt knapp vor 18 Uhr. Karl-Heinz kommt aus dem Bürogebäude des Kunden, steigt in seinen Wagen und tippt die neue Anschrift in sein Navi ein. Ein halbe Stunde später hält er seinen Wagen vor dem kleinen, gepflegt wirkenden Einfamilienhaus am Ortsrand von Marienloh. Er steigt aus, geht langsam auf das Gartentor zu und sein Herz beginnt plötzlich arrhythmisch zu springen! Bevor er den Klingelknopf betätigt, verweilt er noch einige Sekunden und überdenkt die Situation: wird Dieter überhaupt zu Hause sein? Wird er ihn sofort wiedererkennen? Ob er sich freuen wird, seinen Schulfreund aus alten Tagen wiederzusehen?

Das alles geht Karl-Heinz im Kopf herum, aber er bleibt standhaft und legt seinen Zeigefinger auf den Knopf. Es vergeht vielleicht eine halbe Minute und Karl-Heinz will sich schon enttäuscht abwenden, da wird die Haustüre geöffnet und er erkennt Dieter sofort! Ein riesiger Mann mit dunklem, wirrem Haar tritt vor die Türe und blickt mit zusammengekniffenen Augen auf Karl-Heinz herunter! Nun scheint er langsam zu erkennen, wer da draußen vor seinem Haus steht: er schüttelt den Kopf und kommt die fünf Stufen in den Garten hinunter. Jetzt breitet sich ein Lächeln auf seinem Gesicht aus, er bleibt vor Karl-Heinz noch im Garten stehen, stemmt seine Arme in die Seiten und ruft ungläubig mit rauer Stimme:

„Das kann es jetzt aber nicht sein! Steht da draußen vielleicht mein alter Kumpel Karl-Heinz?"

Gleichzeitig hat er das Tor aufgesperrt und streckt seinem Freund beide Arme zum Gruß hin! Karl-Heinz steigen vor Rührung die Tränen in die Augen! Nun umarmen sie sich, drücken sich lange kräftig, dann beugt Dieter sich zurück, mustert seinen Freund von oben bis unten und sagt mit heiserer Stimme:

„Wie oft, lieber Freund, hatte ich wohl an uns beide gedacht? Ich glaube, mindestens einmal pro Woche! Aber niemand konnte mir sagen, wohin nach Frankreich ihr damals gezogen wart! Und jetzt steht er vor mir, der alte Karl-Heinz!"

Er nimmt seinen Freund bei den Schultern und sagt:

„Ach was, Junge, was rede ich da blöd herum? Rein mit uns und jetzt gibt es zum Wiedersehen ein herrliches, kaltes Bier, ok?"

Karl-Heinz lächelt und folgt seinem Freund in das Haus. Sie nehmen in der gemütlichen Wohnlandschaft Platz, Dieter hat schon eine Flasche Bier und eine Flasche Selters geöffnet und sie stoßen auf diese erfreuliche Überraschung an!

Beinahe eine Stunde lang sind sie natürlich nur nostalgisch unterwegs: die gemeinsamen Schul-jahre, ihre allen möglichen Leuten gespielten derben Streiche, ihre Mädchen-Abenteuer werden hervorgekramt und was sonst noch zu besprechen ist! Auf Dieters Frage, wie er denn diese Adresse herausgefunden hat, gibt Karl-Heinz ausweichend Antwort: er bleibt vorsichtig, weiß er doch nicht, in welchem Verhältnis genau die drei, Vater, Mutter und Tochter stehen?

Und was Karl-Heinz mit zunehmender An-wesenheit auffällt: sein Freund benimmt sich seltsam: es ist ein immer wieder auftretendes Zucken im rechten Auge! Und Dieters Blick ist in der letzten halben Stunde ein wenig unstet gewor-den, nicht oft blickt er seinem alten Freund direkt an und soweit Karl-Heinz sich erinnern kann, das gab es in ihren Jugendjahren eigentlich nie!

Aber Karl-Heinz ist hier, um herauszu-finden, wie es um Dieter heute in Wahrheit steht! Er lässt noch einmal nachschenken und fragt unvermittelt:

„Hey, alter Recke! Ich erinnere mich doch sehr gut an deine faszinierende Kunst im Holz-schnitzen! Erinnerst du dich, wie du mir damals aus einer knorrigen Wurzel eine Bache mit ihren Frischlingen hergezaubert hattest, dass ich aus dem Staunen nicht mehr herauskam?“

Jetzt kann er ein leises Zucken in Dieters rechter Wange erkennen, aber er lässt nicht nach!

„Dieses Talent, lieber Freund, das hast du doch sicherlich nicht verkommen lassen, oder? Ich wage zu wetten, dass du mit deinen Schnitzereien jede Menge Kohle machen konntest?“ Er hält kurz inne und fährt fort: „Willst du mir nicht einige deiner Arbeiten zeigen? Du, vielleicht nehme ich sogar ein paar davon mit nach Hause und stelle sie in eine Vitrine! Und somit kannst du mir nicht mehr aus dem Sinn kommen, hey?“

Er lacht frei heraus und Dieter ist bemüht, es ebenso zu tun, aber es wird nur ein mattes Krächzen! Nun erhebt Dieter sich, geht hinüber zu einer Kommode, zieht die zweite Lade auf, entnimmt ihr ein paar geschnitzte Stücke und bringt sie herüber zu Karl-Heinz. Er legt die Arbeiten auf den Glastisch und sein Freund betrachtet sie mit unglaublichem Kopfschütteln! Nachdem er alles genau betrachtet und seine Bewunderung darüber zum Ausdruck gebracht hat, sieht er Dieter plötzlich direkt in die Augen und sagt:

„Sag mal, Dieter, du hast doch sicherlich von diesem verrückten Mörder gelesen, der auf jedem seiner Opfer ein geschnitztes Eichenblatt mit einem eingebrannten Muster ablegt?“

Sofort kann Karl-Heinz beobachten, wie Dieters Atem plötzlich beginnt, schneller zu werden! Sein Gesicht färbt sich unnatürlich rot, seine Augen weiten sich und sein Rücken biegt sich unaufhaltsam und unter sichtlichen Schmerzen nach rückwärts durch! Nur einige Sekunden währt diese Wandlung und mit einem Male stellt sich der Normalzustand seines Körpers wieder ein. Aber Karl-Heinz weiß es nicht: aus seinem alten Schulfreund Dieter Schelkens ist nun Hauptmann geworden, eine mit irrem Drang zum Töten ausgestattete menschliche Maschine! Unaufhaltsam, ohne Gewissen, ohne wählen zu können, muss er seinem furchtbaren Drang nachkommen!

Karl-Heinz ist aufgesprungen, dabei stößt er an den Tisch und sein Bierglas fällt um und zerspringt. Der restliche Inhalt verteilt sich rasch über den Tisch, in der ersten Reaktion starrt Karl-Heinz auf das Malheur, aber sein Freund nimmt davon keinerlei Notiz! Er starrt seinen alten Schulfreund mit irrem Ausdruck in den Augen unverwandt an und nun beginnt er, auf Karl-Heinz zuzugehen! Dieser hat seinen Blick von dem Couch-Tisch nun wieder seinem Freund zugewendet und als er in dessen schreckliche, aufgerissene Augen schaut, weiß er, dass er jetzt in Todesgefahr schwebt! Er bewegt sich langsam nach rückwärts, er hält seine Arme schützend vor sich und schreit:

„Dieter! Dieter!! Was ist mit dir? Ist dir nicht gut? Soll ich…soll ich…einen Arzt rufen?"

Er wartet die Reaktion seines Freundes nicht ab, dreht sich um und rennt in Richtung Durchgang zum Flur! Eben hat er die Schwelle zum Vorraum erreicht, als von hinten zwei Hände seinen Hals wie Schraubstöcke brutal umfassen. Karl-Heinz weiß, wer da versucht, ihn umzubringen und er beginnt, um sein Leben zu kämpfen! Er zieht an Dieters Armen, er versucht, die schrecklichen Finger von seinem Hals zu lösen, er schlägt mit den Beinen aus, aber alles Kämpfen nutzt nichts! Nach fünf Minuten lockert

Hauptmann den grausamen Griff und lässt Karl-Heinz zu Boden gleiten!

Schwer atmend steht er noch ein paar Minuten über seinen toten Freund gebeugt. Willy Hauptmann ist eine perfekt denkende Maschine: Er begibt sich hinunter in sein Keller-Atelier und holt aus der Geheimlade ein eben gestern fertig gewordenes, geschnitztes Eichenblatt sowie den elektrischen Brennstempel. Nach einigen Minuten ist der Brennstempel heiß genug, um damit Hauptmanns Markenzeichen, zwei zum Würgen ansetzende Hände, knapp oberhalb des Blatt-stängels einzubrennen. Er wartet noch ein paar Minuten, bis sich der Rauch verzogen und das eingebrannte Motiv abgekühlt hat. Dann zieht er seine weinrote Arbeitsweste an. Jetzt streift er sich eine den Laden unter dem Arbeitstisch entnom-mene Regenhaut über, zieht ein Paar Hygiene-Handschuhe über und begibt sich wieder hinauf ins Wohnzimmer, wo vor dem Durchgang zum Flur sein toter Freund liegt. In dessen rechter Hosentasche findet Hauptmann die Wagen-schlüssel und legt diese auf der Kommode im Vorzimmer ab. Jetzt nimmt er den leblosen Körper auf und trägt ihn in die Garage, wo er ihn in den Kofferraum seines Wagens legt. Dann nimmt er das Eichenblatt, steckt es in seine linke Hosentasche, startet den Wagen und verlässt das Haus in Richtung Bad Lippspringe.

Kurz nach der dortigen Ortsausfahrt biegt er in einen Feldweg ein, fährt auf diesem noch ca. zwei Kilometer weiter und hält neben einem mit

Büschen gesäumten Wasserlauf. Er lenkt den Wagen zwischen zwei Büsche, um nicht von zufällig vorbei fahrenden Zeugen gesehen zu werden. Hier öffnet er den Kofferraum, hebt die Leiche seines Freundes heraus und legt diese gut verborgen zwischen zwei Holunder-Büschen ab. Dann fährt er zurück nach Hause und verbirgt, nachdem er vergeblich versucht hat, den Ofen in Brand zu setzen, Regenhaut und Handschuhe in der Geheimlade unter seinem Arbeitstisch. Jetzt nimmt er die Wagenschlüssel seines Opfers und fährt Karl-Heinz' Wagen ans andere Stadtende von Paderborn. Dort stellt er ihn auf dem Parkplatz eines Sportplatzes ab: der Parkplatz eines Supermarktes scheint ihm auf Grund der dort montierten Überwachungskameras zu gefährlich. Mit öffentlichen Verkehrsmitteln fährt Hauptmann dann zurück nach Hause.

Aber schon auf den letzten einhundert Metern vor der Station, an der er aussteigen muss, beginnt diese schreckliche Wandlung! Mit größter Anstrengung kann es Hauptmann zuwege bringen, den anderen Fahrgästen nicht aufzufallen! Als er seine Haustüre aufsperrt, beginnt dieser Krampf, beginnen diese Schmerzen und Hauptmann muss sich auf das Sofa legen und sich in diesen grausamen Ablauf hineinfügen…!

Nach einer Viertelstunde blickt Dieter Schelkens wie immer verwirrt auf und blickt um sich. Er erkennt sein Wohnzimmer, sieht sich um und sein Blick fällt auf das umgeschüttete, zerbrochene Bierglas! Was soll das? Er trinkt eigentlich kein Bier! Oder…Moment…Moment … war heute nicht überraschend sein alter Schulfreund Karl-Heinz hier bei ihm im Haus zu Besuch?

Dieter kann sein Hirn zermartern wie er auch will, er kommt zu keinem Ergebnis! Zerstreut macht er Ordnung, wischt die bereits zum Teil eingetrocknete Flüssigkeit auf und kehrt die Scherben zusammen. Er ist nun wieder ganz ruhig, seine Gedanken beschäftigen sich mit einem für morgen Vormittag angesetzten, äußerst wichtigen Geschäftstermin, zu dem er noch nicht ganz fertiggestellte Unterlagen mitbringen muss…

Die Ermittler

Rajesh und sein Kollege Mick sind von Bad Lippspringe zurück: die ganze Fahrt über hatten sie kein Wort gewechselt, der Mord an diesem Karl-Heinz Hillmann beschäftigt beide in ihren Köpfen pausenlos! Nun nimmt sich Rajesh die rechts auf seinem Schreibtisch deponierten Unterlagen sowie die Habseligkeiten des Toten her und meint:

„Die Behörden haben, wie ich hier sehe, die Familie des Ermordeten, d.h. seine Schwester, bereits verständigt! Ich möchte noch bis morgen warten, dann fahre ich nach Rüsselsheim! Vielleicht kann uns die Schwester Näheres über seine Reisepläne oder seine Kontakte erzählen?“

„Und du denkst, Rajesh, da sollte etwas Gescheites herauskommen, das uns weiterhilft?“ fragt Mick zweifelnd.

Rajesh hat den Kopf in die Hände seiner aufgestützten Arme gelegt, hält seine Augen geschlossen und erwidert:

„Mick, ich weiß ja schon gar nicht mehr, was ich noch alles anfangen soll, aber für uns kann doch jede noch so winzige Spur einen Lichtschimmer am Horizont bedeuten, oder?“

Hier muss Mick ihm rechtgeben! Am übernächsten Vormittag stürmt Rajesh ins Büro und ruft:

„Mick, Mick! Ich habe gestern mit Hillmanns Schwester, mit dieser Marlene Stoldenburg, gesprochen: ihr Bruder wollte anlässlich seiner Geschäftsreise auch einen alten Schulfreund, einen gewissen Dieter, in Paderborn besuchen! Das war die letzte Nachricht, die sie von ihrem Bruder erhalten hatte! Und sie hat ausführlich diesen Freund ihres Bruders beschrieben: er soll ein unglaubliches Talent zum Holzschnitzen besitzen! Und sie konnte mir auch einige Begebenheiten aus der gemeinsamen Schulzeit der beiden Burschen erzählen: das glaubst du nicht, Mick, was ich da erfahren hatte! Da müssen wir uns sofort dranhängen, ok?“

Schelkens Entdeckung

Axel Gelderman, seit nunmehr 23 Jahren erfolgreicher Aussteller auf diversen Flohmärkten im Großraum Göttingen, ist im 64sten Lebensjahr und hat für sein Alter noch sehr volles, silbergraues, zurückgekämmtes Haar. Sein wettergegerbtes, gebräuntes Gesicht ist von hunderten Falten zerfurcht, aber es strahlt jede Menge Lebensfreude aus!

Jetzt, nach dem Essen, liegt er behaglich auf der Couch im Wohnzimmer seines Einfamilienhauses in Lippstadt. Seine Frau hat im Nebenzimmer das Bügelbrett aufgestellt und für Axel wirkt das regelmäßige Ausstoßen des Dampfes aus dem Bügeleisen ungemein beruhigend! Der Fernseher ist an und eben zeigt man den Bericht über Gründung, Entwicklung und heutigen Stand eines Transport-Großunternehmens, einer gewissen *Kromberg & Schaller GmbH.* Normalerweise interessiert Axel sich nicht besonders für solche Beiträge: sind sie doch für ihn nichts anderes als gezielte, bezahlte Werbung!

Nach einem Schwenk über eine neu errichtete Lagerhalle kommt nun in seinem Büro der Geschäftsführer, ein gewisser Dieter Schelkens, zum abschließenden Interview ins Bild. Es ist ein sichtlich hochgewachsener, dunkelhaariger Mann, der soeben an seinem Schreibtisch Platz genommen hat und einen neben der Schreibtischunterlage liegenden teuren Kugelschreiber einer bekannten Marke zur Hand nimmt. Dies bestätigt

Axels Ansicht über solche Wirtschafts-Beiträge! Der Manager dreht das Schreibgerät wie spielerisch in seinen großen, klobigen Fingern! Ein freundliches Lächeln umspielt seine Lippen, aber Axel gefällt dieses Lächeln nicht.

„Herma!" ruft er hinüber zu seiner Gattin „Komm doch bitte mal her und sieh dir diesen Mann genau an: was hältst du von ihm, also, was ist das deiner Meinung nach für ein Mensch?"

Seine Frau hat das Bügeleisen hochgestellt und kommt ins Wohnzimmer. Sie ist höchstens ein Meter sechzig groß, mit etwas rundlicher Leibesfülle und hat ihr ergrautes Haar nach hinten zu einem Knoten zusammengefasst. Ihre hellblauen Augen sehen immer ein wenig listig in die Welt hinaus und ihre Freunde und Bekannten müssen immer mit ihrem zwar scharfen, jedoch nie beleidigenden Witz rechnen! Nun bleibt sie neben ihrem Mann stehen und betrachtet das Bild längere Zeit. Dann meint sie zögernd:

„Hör mal, Liebling: ich weiß jetzt nicht, was ich von ihm halten soll, aber irgendwie kommt mir der Typ doch bekannt vor, oder? Sag," meint sie nach einigen Sekunden Überlegens, „war dieser Mann nicht vor Jahren einmal bei uns auf dem Stand? Und hatte der nicht diesen Brennstempel, welchen wir schon mindestens drei Jahre lang auf unsere Ausstellungen mitgeschleppt hatten, gekauft? Du erinnerst dich doch? Dieser Brennstempel, hatte der denn nicht das Motiv dieser beiden komisch geformten Hände?"

Axel konzentriert sich und jetzt kommt langsam die Erinnerung in ihm hoch:

„Aber ja, Herma, du hast wirklich recht! Das ist der Mann!"

Einige Zeit ist es ruhig im Wohnzimmer, aber beide denken das Gleiche! Beide sehen dieses im TV gezeigte, geschnitzte Eichenblatt mit dem eigenartigen, eingebrannten Symbol vor ihrem geistigen Auge! Axel hat sich aufgerichtet, kratzt sich nachdenklich am Kinn und fragt:

„Herma! Von wem hatten wir diesen Brennstempel seinerzeit erworben?"

„Von diesem alten Mechaniker-Meister, du erinnerst dich? Der in Pension gegangen war und wir durften seinen Betrieb mehr oder weniger ausschlachten! Und unter all dem Werkzeug war auch dieser Brennstempel! Ja, Axel, jetzt erinnere ich mich genau: wir hatten ihn gefragt, was diese beiden Hände bedeuten sollten? Er klärte uns auf, dass er dieses Motiv auftragsgemäß für den Priester eines Stiftes angefertigt hatte. Und diese beiden Hände sollten symbolisch den Empfang einer…Schüssel oder irgendeiner…göttlichen Gabe darstellen! Und jetzt das…"

Sie verstummt, entsetzt von ihren eigenen Worten, legt ihre linke Hand über den Mund und sieht ihren Mann ängstlich an! Axel schüttelt den Kopf, er kann das nicht glauben, aber er ist so weit Realist, dass er weiß, ihrer beider Entdeckung gehört umgehend der Polizei gemeldet! Ein halbe Stunde später sitzen sie in Kriminal-Hauptkommissar Naths Büro vor dessen Schreibtisch und Rajesh kann seine Ungeduld kaum bezähmen! Er muss sich schon sehr konzentrieren, um seine Fragen hinsichtlich des Berichtes der beiden Eheleute richtig zu formulieren:

„Also, meine Herrschaften, Sie meinen, in der veröffentlichten Phantomzeichnung des Verdächtigen den gesuchten Mörder erkannt zu haben?"

Beide nicken eifrig und Rajesh fährt fort:

„Und was war der Hauptgrund dafür, dass Sie uns kontaktiert haben?"

„Aber," antwortet Axel Gelderman sofort „Sie hatten doch auch diesen Brennstempel abgebildet gehabt, nicht? Und beide erinnerten wir uns sofort an diesen Kunden, der uns vor Jahren auf unserem Flohmarkt-Stand, ich glaube es war in…Lippstadt?, besuchte und sich sehr für diesen Brennstempel interessierte!"

„Nunja," hakt Rajesh nach, „Sie stellen doch eine Menge Artikel auf Ihrem Stand aus, und da können Sie sich an diesen einen Kunden so genau erinnern?"

„Hören Sie, Herr Kommissar," greift nun Herma Gelderman ein „erstens ist dieser Brennstempel ja kein alltägliches Ausstellungsstück und zweitens fragte uns der Kunde regelrecht aus über den Hersteller, über den Sinn der Stempelmotive und wir hatten ihm alles, was wir darüber wussten, mitgeteilt. Und er hat ihn dann auch gekauft, ja!"

„Hatten Sie sich nicht gefragt, wozu jemand einen Stempel mit zwei würgenden Händen…"

„Nein, nein, Herr Kommissar!" unterbricht Axel ihn sofort „Der Stempel zeigt keineswegs würgende Hände: diese hochgehaltenen Hände erwarten etwas Großes, eine heilige Gabe, um sie in Empfang zu nehmen!"

Rajesh und Mick sehen sich verwundert an: daraufhin entnimmt Mick einer Lade seines Schreibtisches ein Foto des Brennstempels und alle vier betrachten nun das Bild. Nach einer Weile nicken sowohl Rajesh als auch Mick: so kann man dieses Symbol auch sehen! Aber, wie auch immer, was wissen die beiden noch über diesen Kunden?

„Wir haben den Käufer wiedererkannt, Herr Kommissar:" öffnet Axel sich nun „es handelt sich um den Manager der *Fa. Kromberg & Schaller*, die zeigten doch heute Vormittag einen Bericht über dieses Unternehmen und zufällig guckte ich mir das an und sofort kam mir dieser Mann bekannt vor…"

„Na, na, na!" fällt ihm seine Herma ins Wort „Du wolltest von mir nur wissen, was ich von diesem Typen halte, aber ich hab gleich gesagt, dass wir den Mann von unserem Floh-markt-Geschäft her kennen, oder?"

Ihre letzten Wort waren schärfer geworden, ihr Gatte duckt sich wie ein erwischter Lausbub und die beiden Beamten müssen innerlich lächeln: wer im Hause Gelderman die Hosen anhat, ist eigentlich schon klar!

Rajesh bedankt sich und lässt die beiden mit einem Dienstwagen nach Hause bringen. Mick ist

hochgradig nervös, er muss hinaus und eine
Zigarette rauchen, während Rajesh seine Sekretärin beauftragt, Daten über dieses Unternehmen
auszuheben!

Die Ermittler

Rajesh und sein Kollege Mick sitzen sich an ihren Schreibtischen gegenüber und diskutieren die weiteren Vorgehensschritte. Mick steht auf und geht hinüber zu der großen Pin-Wand, auf der dieser ganze Fall minutiös und mit allen bislang bekannten Tatsachen aufgezeichnet und aufgespickt ist. Er nimmt einen schwarzen Markierstift zur Hand und zeichnet die Betriebsadresse von *Kromberg & Schaller* ein. Alles scheint nun langsam ins Laufen zu kommen: die soeben von dem Ehepaar Gelderman mitgeteilten Fakten über den möglichen Besitzer des Brennstempels wecken große Hoffnungen in den beiden Beamten!

„Ich denke," meint Rajesh nun, „einer von uns beiden sollte diesen Dieter Schelkens einmal…" er unterbricht sich, sieht seinen Kollegen mit zusammengekniffenen Augen an und sinniert: „Dieter? Dieter…so heißt doch der Freund des ermordeten Hillmann, du erinnerst dich? Und dieser Manager, der heißt zufällig ebenfalls Dieter? Hey, Mick! Diesen Herrn Schelkens, den werden wir schnellstens besuchen und bei ihm sozusagen *Gesinnung prüfen,* was meinst du?"

Mick nickt nachdenklich und entgegnet:

„Genauso würde ich das machen, Rajesh! Es sollte ein völlig unverdächtiger Besuch werden, einfach nur, um diesem Mann in die Augen sehen zu können, ihn abzuschätzen und ein Gefühl für ihn zu bekommen! Ich schlage vor, Rajesh, dass ich diesen Besuch entrieren werde, ok?"

Sein Kollege ist sofort einverstanden und Mick meldet sich bei *Kromberg & Schaller* wegen eines nicht geklärten Autodiebstahls an. Schon am nächsten Tag nach dem Essen sitzt er Schelkens an dessen Schreibtisch gegenüber. Schelkens ist äußerst entgegenkommend, hat bereits Kaffee bestellt und Mick hat genügend Zeit, den Mann zu studieren!

„Herr…pardon…wie war doch Ihr Name?"

„Severs, Herr Schelkens, Kommissar Severs!"

Er vermeidet tunlichst den Hauptkommissar, der Titel könnte in Schelkens Verdacht erregen: welcher Hauptkommissar schon würde einem einfachen Autodiebstahl nachgehen?

„Ja, Herr Servers, wie kann ich Ihnen in Ihrer Angelegenheit dienen?" Nun wirkt seine Stimme etwas belustigt: „Meinen Sie, dass hier in unserem Unternehmen jemand Autos klaut?"

„Naja, wissen Sie, Herr Schelkens, es handelt sich hier um eine international agierende Bande von Autodieben! Wir sind den Burschen bereits ganz knapp auf den Fersen und nun hat sich ergeben, dass die Zentrale dieser Betrüger angeblich hier in Paderborn sitzen soll! Und jetzt muss ich Sie fragen: beschäftigt sich Ihr Unternehmen auch mit Autotransporten ins Ausland?"

Schelkens macht große Augen, zieht seine Schultern hoch und meint:

„Also, da darf ich Sie beruhigen, Herr Severs: wir führen keine Autotransporte durch! Das ist nicht unser Geschäft, dazu hätten wir auch gar nicht die nötigen Einrichtungen hier im Hause!" Er unterbricht sich kurz und setzt hinzu: „Aber, wie kommen Sie denn gerade auf unser Unternehmen?"

„Wissen Sie, Herr Schelkens" meint Mick vorsichtig „das dürfte ich Ihnen ja gar nicht sagen: ein Informant - naja, wir leben nun einmal von „Zund" aus der Unterwelt - gab uns einen Hinweis, aber er nannte nicht explizit Ihr Unternehmen. Nur müssen wir jetzt alle großen Logistik-Firmen abklappern, um vielleicht doch irgendwo einhaken zu können!"

„Also, Herr Severs," meint Schelkens darauf mit abwehrend erhobenen Armen „da darf ich Sie beruhigen und Ihren Recherche-Umkreis einschränken: hier bei *Kromberg & Schaller* hätte ein Autodieb wohl weder Personal noch Abstellplatz zur Auswahl! Aber natürlich mache ich gerne mit Ihnen einen kurzen Rundgang durch unsere Lager-Hallen! Danach können Sie unsere Adresse mit ruhigem Gewissen von Ihrer Liste streichen, ok?"

Mick bedankt sich höflich und verneint: er glaube Herrn Schelkens Aussagen auch ohne die vorgeschlagene Besichtigung! Damit ist die Besprechung zu Ende, Mick verabschiedet sich, dankt nochmals für den freundlichen Empfang und fährt zurück ins Büro. Er hat alles das festgestellt, was sich mit den bis dato vorliegenden Fakten deckt: groß gewachsen, riesige Hände und eine große Nase!

Nun bespricht er mit seinem Kollegen Rajesh weitere Maßnahmen: werden sie die Genehmigung für eine Durchsuchung von Schelkens Haus bekommen? Die Erfahrung zeigt, dass eine solche Genehmigung nur aufgrund schwerer Beweislast ausgestellt wird! Und das, was sie zur Zeit haben, scheint für eine Hausdurchsuchung noch nicht ganz zu reichen!

Lianes Schock

Drei Tage später sitzt Liane gegen 11 Uhr im *Café da Bizzi* in der Stadt und wartet auf ihre Freundin Marla. Sie hat sich einen Cappuccino bestellt und blättert abwesend in einem der Morgenblätter. Eben hat sie die Politik-Seiten überschlagen, als es ihr eiskalt den Rücken herunterläuft: ihr prangt das Foto eines vorgestern aufgefundenen Mordopfers entgegen! Und Liane erkennt den Mann sofort als jenen, der vor einigen Tagen an ihrer Haustüre war und um die Adresse ihres Vaters gebeten hatte!

Liane beginnt am ganzen Körper zu zittern: zuerst leicht, dann immer stärker und sie spürt, dass ihr gleich schwarz vor den Augen werden kann! Mit dem Aufgebot aller Kräfte kämpft sie gegen eine Ohnmacht an! Sie atmet mehrere Male tief aus und ein und das dürfte ihr doch helfen, bei Sinnen zu bleiben. Eben tritt Marla an ihren Tisch, beugt sich zu Liane herunter und möchte ihr die Wange küssen, doch im selben Augenblick fährt sie erschreckt zurück:

„Ja, um Gottes Willen, Liane! Was ist los mit dir? Ist dir schlecht? Du bist weiß wie eine gekalkte Mauer! Soll ich…komm, trink einen Schluck Wasser, das wird vielleicht helfen!"

Liane tut, wie ihr empfohlen, aber ihr Atem geht noch immer schwer! Marla sieht sie besorgt an, spricht aber nicht, sondern wartet ab! Jetzt schlägt Liane ihre Hände vors Gesicht und wird von einem Weinkrampf geschüttelt! Sofort rückt

Marla an sie heran, legt ihren Arm um Lianes Schultern und drückt sich wie schützend an sie! Nach vielleicht einer Minute beruhigt Liane sich, holt ein Taschentuch aus ihrer Handtasche und trocknet ihr Gesicht. Nun meint Marla, schon mit ihr sprechen zu dürfen und fragt:

„Was denn, meine Liebste? Wer bringt dich denn so weit, dass du mitten in der Stadt anfängst zu heulen?"

Einige Sekunden sieht Liane ihre Freundin durchdringend an, dann deutet sie auf die aufgeschlagene Zeitung und flüstert:

„Er ist es, Marla, er ist es!"

„Wer ist wer?" fragt Marla ungeduldig.

„Mein Vater, Marla, mein Vater ist dieser Würger! Jetzt weiß ich es mit Bestimmtheit!"

Liane beginnt, ihre vollkommen ahnungslose, jetzt aber mehr und mehr entsetzte Freundin über die Ereignisse der letzten Tage zu informieren! Als sie fertig ist, sitzt Marla sprachlos da und schüttelt nur andauernd ihren Kopf! Nun sieht sie sich das Foto an und blickt auf: jetzt muss sie sich einige Male räuspern und sagt mit heiserer Stimme:

„Du musst sofort die Polizei verständigen, Liane! Was denn, wenn dieser ermordete Mann deinem Vater mitgeteilt hatte, von wem er dessen Anschrift erhalten hatte? Wenn das so ist, Liane, bist du in höchster Lebensgefahr! Verstehst du, was ich meine? Also, ab mit uns zur Hauptstelle der Polizei!"

Schon nach etwa fünfzehn Minuten betreten beide das Haupt-Kommissariat und Liane bringt ihre Geschichte vor. Der Beamte hinter dem Empfangspult kann das Gehörte zuerst nicht glauben, er runzelt die Stirn und fragt nochmals alles ab! Jetzt aber gerät Marla außer sich vor Zorn:

„Hören Sie mal, verehrter Meister!" zischt sie „Wir haben höchstwahrscheinlich wichtige Angaben über diesen lang gesuchten Mörder und Sie spielen hier den ungläubigen Thomas? Wir wollen sofort zu dem für diesen Fall zuständigen Kommissar und mit Ihnen sprechen wir kein Wort mehr darüber, ist das jetzt klar?"

Ihre letzten Wort hatten bereits weithin hörbare Lautstärke, mehrere Kollegen blicken von ihren Arbeiten auf und nun bequemt sich der Beamte doch, die beiden jungen Damen an die Abteilung Rajesh Nath weiterzureichen!

Licht am Horizont

Die beiden Kommissare Rajesh Nath und
Mick Severs können es zuerst nicht glauben: da
sitzen doch wirklich zwei junge Frauen, die behaupten, den Namen und die Anschrift des so
lange schon gesuchten Massenmörders zu kennen? Rajesh ist aufgeregt wie ein Kind vor seinem
ersten Schultag! Auch Kommissar Mick Severs ist
hochgradig nervös, aber so hat er seinen Kollegen
schon lange nicht erlebt!

Rajesh hat die beiden Mädchen in einen
Verhörraum gebeten. Alle vier, Liane, Marla,
Mick und Rajesh haben Platz genommen. Rajesh
und sein Kollege Mick sind gespannt wie Bogen-
sehnen vor dem Abschuss: wird diese Besprechung nun endlich die erhoffte Wendung in
diesem Fall bringen? Behutsam, langsam aber
gezielt beginnt er nun, Lianes Angaben nochmals
im Detail abzuklären. Nur zwanzig Minuten benötigen die beiden Kommissare, um aus diesen Angaben ein vollständiges Bild zu erarbeiten!

„Hören Sie," meint Rajesh nun „auf Grund
Ihrer Angaben wird es besser sein, dass Sie beide
vorläufig hier im Hauptgebäude bleiben!"

Als Marla daraufhin die Hand hebt und
ihren Mund öffnet, lässt Rajesh sie gar nicht zu
Wort kommen: „Es ist zu Ihrem eigenen Schutz,
meine Damen!" begründet er seinen Vorschlag
und wendet sich nun an Liane: „Wir können
annehmen, dass Ihr Herr Papa seinen Freund
umgebracht haben dürfte! Aber wir wissen nicht,

ob sein Freund ihm vorher nicht doch mitgeteilt hatte, von wem er seine Anschrift bekommen hatte, verstehen Sie jetzt, was ich meine?"

Beide, Liane und Marla, nicken jetzt zugleich und Rajesh fährt fort:

„Verständigen Sie bitte sicherheitshalber Ihre Frau Mama: sie soll sofort das Haus verlassen und vor dem Haus auf unseren Streifenwagen warten, der sie hierher bringen wird, ok? Die Festnahme Ihres Vaters ist ab sofort nur mehr eine Angelegenheit von etwa einer halben Stunde, natürlich nur dann, wenn wir ihn zu Hause antreffen! Andernfalls wird es dann eben später werden! Ich schlage vor, Sie gehen hinunter in die Kantine und nehmen einen Kaffee und eine Kleinigkeit zu sich, ja?“

Rajeshs sympathische Art überzeugt die beiden jungen Frauen und kurz danach sitzen sie in der Kantine bei Toast und Tee!

Hauptmanns Festnahme

Gleich nach dieser Besprechung nimmt Hauptkommissar Rajesh Nath am Schreibtisch seines Chefs, Konrad Montellani, Platz. Montellani hat Rajesh unverzüglich zu sich heraufgebeten, nachdem ihm dieser telefonisch über den neusten Stand der Dinge informiert hatte. Rajesh hat den ihm angebotenen Kaffee dankend abgelehnt: er ist viel zu nervös, um Zeit für Kaffeetrinken zu vergeuden! Montellani zieht überrascht die Augenbrauen hoch:

„Also, hören Sie, lieber Rajesh, da bin ich jetzt aber schon gespannt: wenn Sie mir einen Korb geben, dann dürfte an den Aussagen dieser beiden Mädchen ja doch etwas dran sein, oder?"

Rajesh geht nicht darauf ein, er beginnt zu rapportieren und in kurzen, aber sachlich gehaltenen Worten informiert er seinen Chef nun im Detail und legt auch gleich seine Forderung nach entsprechendem Zugriff-Personal auf den Tisch!

Montellani ist ein Mann von raschem Entschluss:

„Den Haftbefehl und die Hausdurchsuchung kriege ich in spätestens einer Viertelstunde, ok? Rufen Sie sofort unsere Spezial-Einsatztruppe zusammen, Rajesh, und machen Sie bitte schnell! Vielleicht können wir schon heute Abend die Presse über eine erfolgreiche Festnahme informieren!"

Rajesh dankt und verlässt das Büro. Es dauert exakt vierzehn Minuten und die Spezial-Truppe ist einsatzbereit!

Ohne Verwendung von Martinshorn und Blaulicht nähern sich drei Mannschaftswagen dem Haus des Verdächtigten. Den kompletten Ablauf hat Rajesh dem Einsatzleiter überlassen, er weiß, auf diese Leute kann man sich zu einhundert Prozent verlassen! Es ist abgesprochen, dass zuerst Rajesh - in jedem Falle unbewaffnet, er hat eine ihm angeborene Abneigung gegen das Tragen von Waffen - das Haus betreten soll. Die Zugriff-Beamten haben das Haus umstellt, die für solche Einätze erforderlichen Ausrüstungen wie die Ramme, Blendgranaten, Tränengas, etc., sind vorbereitet und Rajesh begibt sich nun an das Gartentor. Er betätigt den Klingelknopf, von Liane weiß er, dass es etwas dauern kann und er wartet geduldig.

Dieter Schelkens, der eben Musik hörend im Wohnzimmer sitzt, blickt erstaunt auf: wer sollte ihn jetzt besuchen wollen? Er erhebt sich, blickt durch den Vorhang hinaus und sieht dort einen Mann im hellgrauen Trenchcoat mit aufgestelltem Kragen vor seinem Gartentor stehen. Er überlegt, kommt aber zu keinem Ergebnis und betätigt den Türöffner.

Rajesh drückt das Gartentor auf und kommt an die Stufen, die hinauf zur Haustüre führen. Er bleibt jedoch unten stehen und wartet, bis die Türe geöffnet wird. Nun hört er, wie aufgesperrt wird, die Türe öffnet sich langsam und im Türrahmen steht ein großer dunkelhaariger Mann. Er blickt Rajesh verwundert an und fragt höflich und mit rauer Stimme:

„Ja bitte? Was darf ich für Sie tun?"

Rajesh hat bereits hunderten Festnahmen beigewohnt und des Öfteren auch persönlich Verhaftungen durchgeführt! Noch nie aber war er derart aufgeregt wie bei diesem Zugriff! Er muss sich kurz räuspern, setzt ein offenes Lächeln auf und antwortet:

„Mein Name ist Oliver Strannert, ich bin der Stiefbruder Ihres Jugend-Freundes Karl-Heinz Hillmann und ich sollte ihn vorige Woche hier in Paderborn treffen! Er hatte mir mitgeteilt, dass er seinen alten Schulfreund Dieter, also genauer gesagt, Dieter Schelkens - von dem er mir schon des Öfteren erzählt hatte - hier aufsuchen wolle und danach sollten wir uns in der Stadt treffen. Aber er kam nicht zu dem vereinbarten Termin im Café Gaby, hatte mir aber noch zuvor Ihre Adresse genannt!"

Rajesh kann erkennen, wie Schelkens die Augenbrauen hebt und die Mundwinkel nach unten zieht: eine Mimik, die Unwissenheit andeutet! Der Verdächtige unter dem Vorbau meint jetzt:

„Hören Sie, Ihr Stiefbruder war wohl hier und wir hatten viele schöne Erinnerungen ausgetauscht! Er ist…," und jetzt unterbricht er sich, blickt unsicher in die Gegend und fährt fort: „…so meine ich, wieder abgefahren und…ich glaube, wir hatten…vereinbart, uns wieder

einmal, vielleicht bei...ihm zu Hause in Wiesbaden, zu sehen?"

Es klingt alles eher wie ein Frage, die der
Mann sich selbst stellt! Nun fügt er noch hinzu:

„Aber weiter kann ich Ihnen leider nicht
helfen!"

Rajesh sieht Schelkens von unten her durchdringend an: was redet der Mann da für ein wirres
Zeug? Weiß er denn nicht, ob sein Besuch nun
wieder abgefahren war, ob sie etwas vereinbart
hatten, oder nicht? Er ist sicher, dass der Mann
sich in seiner Aufregung nicht klar ausdrücken
kann! Aber er muss es sehr, sehr vorsichtig an-
gehen: niemand weiß, ob der Mann bewaffnet ist,
in welcher Stimmungslage er sich gerade befindet,
etc., etc.!

„Naja, wissen Sie," sagt Rajesh nun gedehnt
„Mein Stiefbruder wurde vor einigen Tagen bei
Bad Lippspringe ermordet aufgefunden! Und Sie
wissen nichts davon? Man hat ja darüber
ausführlich in den Medien berichtet!"

Es entsteht nun eine peinliche Pause: wenn
Schelkens nun behauptet, nichts davon zu wissen,
dann dürfte er keine Zeitung lesen, kein TV
schauen und auch kein Radio hören! Schelkens
blickt Rajesh eine Zeit lang an, dann plötzlich
fordert er ihn auf, hereinzukommen!

„Ja, danke!" ruft Rajesh. In ihm gehen
unverzüglich sämtliche Alarm-Lichter an: er greift
jetzt an seinen Mantelkragen und legt diesen um,
das unauffällige Zeichen für die Zugriff-Truppe,
sich sofort an allen Fenstern und ehestmöglich

auch an der Haustüre zu postieren, um innerhalb von Sekunden eingreifen zu können, sollte Rajesh sich in Gefahr befinden und sich bemerkbar machen!

Nachdem sie beide auf der Wohnlandschaft Platz genommen haben, bietet Schelkens Rajesh einen Drink an, den dieser jedoch dankend ablehnt: er habe es leider in letzter Zeit ordentlich mit dem Magen! Es ist klar, dass man als Zugriff-Beamter von einem Verdächtigen nie ein Getränk annehmen darf! Dann fragt Schelkens:

„Hören Sie, Herr…pardon…wie war doch gleich Ihr Name…ach ja, Strannert! Sie sollen wissen, dass ich einen eher nervenaufreibenden Job habe und ich bin froh, wenn ich abends nach Hause komme, mir einen Drink nehme, mich in meiner Relax-Liege zurücklehnen und klassische, für mich persönlich wirklich entspannende Musik hören kann! Diese trivialen Nachrichten über Mord und Totschlag interessieren mich überhaupt nicht und würden mir auch gar nichts bringen, oder?"

Rajesh sucht nach einer passenden Über-leitung: er muss ehest in medias res gehen, seine Leute warten draußen voll adjustiert auf sein Zeichen zum Eingreifen! Er räuspert sich kurz und sagt:

„Das war für mich doch sehr schockierend, von dem gewaltsamen Tod meines Stiefbruders zu erfahren, obwohl ich nicht unbedingt in laufender Verbindung mit ihm stand, wissen Sie?"

Schelkens nickt verständnisvoll und Rajesh startet nun behutsam den Übergang:

„Und mein Stief-Bruder hatte mir seinerzeit unter anderem auch erzählt, dass er während seiner Gymnasialzeit einmal mit einem Schulfreund zusammen war, einem wirklich sympathischen Kerl!“

„Ach ja,“ meint Schelkens „aber diese Information alleine wird uns wahrscheinlich jetzt nicht sehr weiterhelfen, wie?“

Rajesh blickt ihn nun lange direkt an, dann sagte er leise:

„Dieser Freund war ein handwerkliches Phänomen, Herr Schelkens! Aber so etwas von Schnitzkunst, die er an den Tag gelegt haben soll, das war einfach sensationell!“

„Und?“ meint Schelkens nun bereits sichtlich genervt: „Was möchten Sie mir damit eigentlich sagen, Herr Strannert?“

„Ich möchte damit meiner Vermutung Ausdruck verleihen, dass dieser alte Schulfreund meines Stiefbruders Sie, Herr Schelkens, sind, stimmt das?“

Nun hat Schelkens eher zu rasch sein Haupt erhoben und starrt Rajesh direkt an. Dieser allerdings fährt unbeirrt fort:

„Anlässlich meines letzten Besuches bei ihm hat er mir eine wunderschöne Schnitzarbeit übergeben und meinte, ich solle sie gut aufbewahren, solche perfekt gearbeiteten Stücke hätten heute bereits Seltenheitswert!“

Rajesh kann in Schelkens Augen den Anflug eines unheimlichen Glitzerns erkennen, aber er muss mit seiner Taktik fortfahren, er wird Schelkens jetzt weiter herausfordern! Im Stillen hat er bereits den auf dem Couchtisch stehenden schwe--ren Bernstein-Ascher als sinnvolles Wurfgeschoß bestimmt! Nun greift er langsam in die rechte Außentasche seines Trenchcoats und nimmt das Eichenblatt, welches der Mörder auf dem letzten Opfer, Karl-Heinz Hillmann, zurückgelassen hatte! Er legt es vor sich auf den Tisch und blickt Schelkens nun ausdruckslos an. Dieser erblickt das Eichenblatt, beginnt schwer und schnell zu atmen, sein Gesicht verzieht sich zu einer schmerzlichen Grimasse, aus seiner Kehle dringt ein furchtbarer, heiserer Schrei, der irre Blick seiner starren Augen bleibt unverwandt auf Rajesh gerichtet! Jetzt erhebt er sich und Rajesh ist angespannt wie eine Bogensehne! Er hat sich leicht vorgebeugt, um den Ascher sofort ergreifen zu können! Nun steht Hauptmann, denn in diesen hat Schelkens sich soeben wieder verwandelt, Rajesh gegenüber! Seine riesigen Hände öffnen und schließen sich zitternd, denn er hat sofort erkannt: niemand außer der Polizei kann eine seiner Trophäen besitzen! Jetzt wird sein Blick mitleidlos, beinahe traurig starrt er Rajesh an: sein nächstes Opfer sitzt vor ihm!

Rajesh hat den Ascher ergriffen, aber nicht, um ihn dem Mörder an den Kopf zuwerfen, nein! Mit großer Wucht schleudert er aus einer Körper-drehung heraus das schwere Geschoß durch den

Store hindurch gegen das Fenster zum Garten! Zwar zerplatzt die riesige Scheibe nicht, aber mit einem hässlichen Geräusch sind im Sekundenbruchteil zigtausende Sprünge über die ganze Scheibe verteilt und verleihen ihr den Anblick eines riesigen Spinnennetzes! Und beinahe im selben Moment klirren einige Fensterscheiben und die Eingangstüre wird aufgebrochen! Die Zugriff-Truppe stürmt das Haus, aber Hauptmann gibt sich nicht so leicht geschlagen! Als der erste bewaffnete Beamte im Wohnzimmer auftaucht, dreht Hauptmann sich um und rennt durch den Flur zur Kellerstiege! Diese reißt er auf und schlägt sie hinter sich zu. Rajesh hört, wie er den Schlüssel im Schloss um-dreht und ruft seinen Männern zu:

„Der Keller! In den Keller mit euch! Durch den Garten, da gibt es eine Türe! Er möchte sicherlich Beweismaterial vernichten!"

Er rennt los durch die Eingangstüre hinaus in den Garten, läuft um die Ecke herum und kommt zu der angegebenen Türe. Dort haben seine Männer die Stahltüre bereits aufgebrochen und verschwinden im Zugang zum Kellerraum! Rajesh hetzt hinterher und sie kommen gerade noch rechtzeitig, als Hauptmann sich soeben an einer Lade seines Arbeitstisches zu schaffen macht!

Innerhalb weniger Sekunden ist Hauptmann auf dem Boden fixiert, sein Arme werden auf den Rücken gerissen und die Handschellen klicken! Nun richten die Beamten Hauptmann auf und

Rajesh klärt ihn mit dem vorgeschriebenen Verhaftungs-Text über die Festnahme auf. Hauptmann spricht kein Wort, er keucht heftig und Schaum steht ihm vor dem Mund! Man bringt ihn zu einem der Streifenwagen, worin man ihn vorläufig verfrachtet, allerdings von zwei Beamten streng bewacht!

Rajesh geht zurück ins Haus und schon haben seine Leute mit der bereits richterlich angeordneten Hausdurchsuchung begonnen! Die erste Stunde ergibt keinerlei Hinweise auf die Schuld des Verhafteten! Alles scheint unverdächtig und es werden keine zum Täter führenden Beweise gefunden!

Rajesh und sein Kollege Mick kommen in den Keller und beobachten eine Weile ihre Kollegen bei der Arbeit. Außer den üblichen Utensilien zum Schnitzen gibt es hier null Beweismaterial gegen Dieter Schelkens! Rajesh beginnt nun, langsam an der Arbeitsbank vorbeizugehen und sein Blick erfasst nochmals alle bereits durchsuchten und fotografisch erfassten Stellen, Fächer, Stellagen, etc. etc. Kopfschüttelnd bleibt er stehen, dreht sich um zu Mick und meint:

„Junge! Das gibt es nicht, niemals! Wenn er der gesuchte Mörder ist - und davon dürfen wir mit großer Sicherheit ausgehen, Mick, - *muss* es den entscheidenden Hinweis hier im Haus geben!"

Mick blickt Rajesh kurz an, nickt und bestätigt:

„Du hast vollkommen recht, Rajesh! So etwas wäre absolut neu in unserem Beruf! Ich versuche jetzt noch etwas, das mir mein ehemaliger Chef immer einbläute: zumeist sehen wir nur das, was uns auffällt, aber oft nicht das, was wir eigentlich sehen sollten!"

Damit nimmt er eine auf einer Bauerntruhe liegende Wolldecke, breitet sie nahe dem Kelleraufgang auf dem verfliesten Boden aus, kniet sich erst hin und legt sich danach diagonal auf den Bauch. Die Decke misst ca. 2 x 2 Meter. Nun fordert er Rajesh auf, ihn mithilfe eines Kollegen langsam an den Möbeln entlang zu ziehen! Rajesh muss ein wenig lächeln: das ist eben Mick! Immer hat er unorthodoxe Methoden in petto! Und nur zu oft kam er damit weiter als seine Kollegen!

Rajesh ruft einen Beamten her und gemeinsam beginnen sie, Mick auf seiner Decke langsam an der Wand und an den Möbeln entlang zu ziehen! Da der Kellerboden ja verfliest ist, ist das keine große Anstrengung für die beiden: Mick hat nun seinen Kopf seitlich auf der Decke abgelegt und beobachtet alle an der Wand stehenden oder montierten Einrichtungen von unten! Eben, als sie den schweren Arbeitstisch beinahe passiert haben, ruft Mick mit erhobenem linkem Arm:

„Halt!!"

Sofort stoppen Rajesh und sein Kollege die Deckenfahrt, Mick rollt sich an den Tisch heran, geht in knieende Stellung über und greift nun unter der großen Lade nach hinten. Er zieht die erste Lade heraus, Rajesh übernimmt sie und stellt sie auf dem Boden ab. Nun streckt Mick seinen Arm weit in die Ladenführung, Rajesh hört ein klap-

perndes Geräusch und jetzt zieht Mick eine zweite
Lade aus den Führungen! Auch diese nimmt
Rajesh an sich und stellt sie auf der Bauerntruhe
ab. Mick hat sich erhoben und tritt neben Rajesh.
Beide streifen nun Kunststoff-Handschuhe über.
Rajesh nimmt die zuoberst in der zweiten Lade
liegende schwarze Kunststoff-Folie und zieht sie
langsam zu sich her. Und da liegt alles, was sie
sich erhofft hatten: einige Päckchen zusammen-
gelegte Regenschutz-Mäntel, in durchsichtigen
Folien originalverpackte, blaue Hygiene-Handschuhe, sowie eine hellgraue Schiebermütze! Aber
total sprachlos erkennen die beiden Beamten nun,
dass unter den Mänteln und Handschuhen, einge-
schlagen in ein weiß-blau kariertes Geschirrtuch,
noch etwas in dieser Lade versteckt liegt: Mick
nimmt das Päckchen vorsichtig heraus, schlägt das
Tuch an zwei Ecken zurück und hier vor ihnen
liegen zwei elektrische Brennstempel: einer mit
dem Motiv DS, den anderen nimmt Rajesh an
sich, dreht ihn so, dass man die Gravur erkennen
kann: er zeigt sie seinem Kollegen und beide
nicken zufrieden: zwei zum Würgen ansetzende,
krallenartig geformte Hände!

Hauptmann verschwindet

Die Besatzung des Streifenwagens, mit dem Hauptmann nun ins Polizei-Hauptgebäude verbracht wird, sind nicht weniger aufgeregt als alle ihre Kollegen, die bei der Festnahme des Mörders anwesend waren: hinter einem Sicherheitsgitter sitzt auf der Rückbank in Handschellen dieser Verrückte, der wahllos mordete, Frauen, Männer, Kinder! Und sie beide dürfen ihn abtransportieren! Beide sprechen kein Wort, der Fahrer konzentriert sich auf den starken Spätnachmittags-Verkehr und sein Kollege formt schon in Gedanken, wie er seiner Familie diese Festnahme schildern wird!

Eben müssen sie an einer auf rot geschalteten Ampel anhalten, da blickt der Beifahrer kurz in seinen Innen-Rückspiegel und vor Schreck bleibt sein Mund offen! Die Augen des verhafteten Mörders weiten sich unnatürlich, sein plötzlich rot gewordenes Gesicht verzieht sich zu einer irren Fratze, er fletscht die Zähne und sein Kopf wird von einer unsichtbaren Kraft nach hinten gezogen!

Der Beifahrer tippt dem Fahrer nun leicht an dessen rechten Unterarm und bedeutet ihm mit einer leichten Kopfbewegung, über seinen eigenen Rückspiegel nach hinten zu schauen! Und auch der Fahrer bekommt nun diese unheimliche Verwandlung des Festgenommenen mit! Es dauert nur einige Sekunden, dann scheint dieser schreckerregende Ablauf vorbei zu sein und die Autofahrer hinter dem Streifenwagen beginnen schon ungeduldig zu hupen!

Der Streifenwagen fährt an, der Beifahrer blickt in den Spiegel und sieht, dass eine gewisse Verwunderung im Gesicht der Mörders zu erkennen ist! Und es ist wirklich so:

Schelkens blickt um sich: was war passiert? Was macht er hier in diesem Polizeiwagen? Mit Handschellen gefesselt? Sein Puls rast, er ist völlig ratlos! Jetzt beugt er sich vor und fragt die Beamten:

„Hallo! Bitte sagen Sie mir, wieso ich festgenommen wurde? Handelt es sich vielleicht um eine Verwechslung? Mein Name ist Dieter Schelkens, ich wohne draußen in Marienloh und was mache ich hier überhaupt? Eben war noch der Stiefbruder meines alten Schulfreundes Karl-Heinz Hillmann bei mir zu Hause und wir hatten uns angenehm unterhalten!"

Er greift sich mit beiden Händen links und rechts leicht an die Stirn, so als ob er sich nun besonders konzentrieren müsste! Die beiden Beamten sehen sich kurz, aber vielsagend an und reagieren mit keinem Wort, so wie es Hauptkommissar Nath ihnen aufgetragen hatte!

„Ich bitte Sie, meine Herren," beginnt der Festgenommene nun wieder „Sie…Sie…könnten …mich doch… also, Sie könnten mich doch aufklären, was hier abläuft, oder? Ich bin mir keines Vergehens bewusst und eine Strafanzeige wegen Schnellfahrens kann nicht der Grund sein!

Deswegen werden Sie mich doch nicht gleich verhaftet haben?“

Die Beamten schweigen und Schelkens resigniert: es wird sich schon alles als harmlos und als bedauerlicher Irrtum herausstellen! Mit dieser Überzeugung beruhigt er sich und beobachtet in lockerer Stimmung von der Rückbank aus das Verkehrsgeschehen.

Rajeshs großes Rätsel

Noch einige Stunden sind die Beamten im Haus von Dieter Schelkens beschäftigt und kein Millimeter wird bei der Hausdurchsuchung ausgelassen! Es werden Kleider, Schuhe, sogar Trinkgläser und weiteres belastendes Material sichergestellt. Nachdem sie alle ins Hauptgebäude zurückgekehrt sind, fühlt Rajesh sich schrecklich müde: es ist ganz einfach der Umstand, dass es womöglich ausgestanden ist! Dass diese furchtbare Zeit der Verzweiflung, der Machtlosigkeit und des Wartens endlich ihr Ende gefunden zu haben scheint!

Mick und er hängen abgespannt in ihren Stühlen, während unten im Souterrain der Mörder auf die erste Vernehmung wartet!

„Nun?" meint Mick müde „Gehen wir nach Hause, lassen wir diesen Verrückten da unten bis morgen schwitzen und beginnen mit der Befragung morgen früh? Ich bin saumüde, mein lieber Freund, und ich könnte ein kuscheliges, warmes Bett schon gebrauchen!"

Rajesh überlegt: sie beide haben sich eine ordentliche, lange Nacht verdient! Aber er weiß auch, dass Befragungen gleich anschließend an die Festnahme zumeist wertvolle Details bringen können! Er gähnt noch einmal kräftig und meint:

„Hey, Mick! Wenn du möchtest, natürlich gehst du nach Hause und schläfst dich gut aus! Aber ich sage dir ganz ehrlich: mir ist diese Festnahme zu wichtig, als dass ich sie jetzt abbrechen

könnte! Ich bin ebenso müde wie du, aber bevor
ich mit diesem Menschen da unten nicht gesprochen habe, würde ich nicht einschlafen können!"

Mick nickt wissend und sagt:

„Hab ich mir doch gedacht, dass du da jetzt
nicht locker lassen kannst, Rajesh! Und natürlich
bin ich dabei, ok? Also dann," ruft er mit kämp-
ferischem Unterton in der Stimme „an die Front,
Männer! Der Feind soll keine Chance haben!"

Damit erheben sie sich und gehen hinunter
in das Souterrain. Ein Beamter hält Position vor
der Türe des Verhör-Zimmers und salutiert, als
die beiden Kommissare eintreffen.

„Irgendwelche besonderen Vorkommnisse?"
fragt Rajesh freundlich.

„Ruhig, ist ganz ruhig, unser Vögelchen!"
antwortet der Beamte. Mick ist stehengeblieben,
hält Rajesh am Ärmel fest und meint:

„Wenn ich so nachdenke, Herr Kollege,
glaube ich, dass wir aus dem Mann mehr heraus-
bekommen, wenn wir ihn nicht im Verhörzimmer,
sondern irgendwo in einer…neutralen Umgebung
verhören, findest du nicht auch?"

„Und wo?" fragt Rajesh zurück. Für ihn ist
das kein schlechter Vorschlag: schuldige
Verhaftete geben sich oft total entspannt, wenn sie
nicht unter dem Einfluss der drückenden Atmo-
sphäre eines Verhörzimmers stehen!

„Naja, warum nehmen wir ihn nicht einfach
mit hinauf in unser Büro?" schlägt Mick vor.

Rajesh braucht nicht lange nachzudenken:
das ist ein annehmbarer Vorschlag und er bittet

den Wachposten, den Verdächtigen hinauf in ihr Büro zu bringen! Fünf Minuten später sitzen Rajesh und Mick an ihren Schreibtischen, Rajesh vor sich das Tonband-Aufnahmegerät. Schelkens hat man einen Stuhl neben Micks Tisch geschoben und er hat Platz genommen. Mick sieht Schelkens einige Sekunden nachdenklich an: dieser Mann, ein wirklicher Riese, kann eventuell gefährlich werden! Und darum entschließt er sich, dem Verhafteten die Handschellen der am Rücken gefesselten Arme zwar abzunehmen, dessen linken Arm jedoch zur Sicherheit mit den Handschellen an der Stuhllehne zu fixieren!

Rajesh ist trotz seiner Abgespanntheit voll konzentriert: er hat mit Mick noch im Lift vereinbart, die Befragung wie folgt aufzuteilen: er selbst wird Schelkens ausschließlich über die begangenen Taten befragen und Mick wird versuchen, weiter zurückzugehen, also Schelkens´ Kindheit und Werdegang zu analysieren!

Schelkens lächelt immer, wenn einer der beiden Beamten ihn kurz ansieht: er dürfte keine Ahnung haben, warum man ihn festgenommen hat! Rajesh überlegt noch kurz, dann nimmt er Schelkens gegenüber Platz, drückt die Aufnahmetaste des Gerätes und spricht zuerst die vorgeschriebenen Informationen zu dem Fall auf Band. Dann beginnt er:

„Herr Schelkens, möchten Sie uns vielleicht gleich zu Anfang etwas über Ihre begangenen Morde erzählen? Mein Kollege Mick Severs und ich haben eine ganze Menge Beweismaterial aus

Ihrem Haus mitgenommen, also ich denke, dass wir alle zu einem schnellen Ende kommen könnten, wenn Sie kooperieren?"

Schelkens sieht von Rajesh hinüber zu Mick, setzt ein unwissendes Gesicht auf und antwortet:

„Ich kann mich an Sie erinnern, mein Herr: waren Sie nicht unlängst bei mir im Büro und wollten einige Auskünfte wegen einer Auto-Diebstahlsbande? Naja, egal. Aber, auch wenn Sie das jetzt nicht glauben wollen, meine Herren, ich habe nicht die geringste Ahnung, wieso Sie mir diese Morde vorwerfen!"

Die beiden Beamten sehen sich mit fadem Geschichtsausdruck kurz an und Rajesh referiert:

„Herr Schelkens! Machen wir es doch kurz, ok? Erstens: Die weibliche Lehrkraft in der Mittelschule, die Ihnen Gott sei Dank entkommen konnte, hat erste Details zu Ihrer Kleidung aussagen können. Zweitens: Ein fahrender Schaubudenbetreiber hatte Sie, als Sie die beiden kleinen Mädchen aus dem Vergnügungspark geführt hatten, weitgehend genau beschrieben! Drittens: wir werden in Kürze Ihre DNA auf dem Tisch haben und zwar aus den Hautresten, die eines der beiden ermordeten Mädchen unter seinen Fingernägeln hatte! Viertens, Herr Schelkens, hat Ihre Tochter, Fräulein Liane, richtig reagiert, als sie das Foto des von Ihnen ermordeten Karl-Heinz Hillmann in der Zeitung erkannte! Fünftens: der Junge, der Sie nach Ihrem vorletzten Mord am Asternweg beinahe angefahren hätte, wird Sie einwandfrei erkennen! Und um die Sache abzurunden, Herr Schelkens: in Ihrem Keller haben wir heute Regenschutzmäntel, blaue Hygienehandschuhe sowie den Brennstempel mit der bekannten Gravur gesichert! Also, mein Herr: was gäbe es da jetzt noch abzustreiten?"

Schelkens Augen sind mit zunehmendem Bericht immer größer geworden und ungläubig starrt er abwechselnd die beiden Beamten an! Jetzt legt er seine Rechte, mit der Handfläche große Unschuld beschwörend, auf seine Brust und entgegnet kopfschüttelnd:

„Aber meine Herren, bitte! Das alles ist ein schrecklicher Irrtum, glauben Sie mir bitte! Ich bekleide doch einen höchst verantwortungsvollen Posten bei einem der größten Transport-Logistik-Unternehmen hier in diesem Staat! Und wie ich Ihnen bereits mitteilte: ich habe weder Zeit noch Lust, auf unschuldige Menschen loszugehen und sie zu ermorden! Und wie diese Beweisstücke in meinen Keller kommen? Ich habe keine Ahnung, wirklich nicht!"

Diese Verteidigung klingt derart echt, dass Rajesh und sein Kollege vorerst einmal ein bisschen konsterniert sind! Rajesh wartet einige Sekunden, atmet tief ein und bläst nun mit gesenktem Kopf aus vollen Backen langsam die Luft aus! Dann setzt er sich aufrecht in seinen Hochlehner, starrt Schelkens an und fragt:

„Und? Was denken *Sie* denn, Herr Schelkens, wie diese Beweisstücke in Ihr Haus kommen konnten? Haben Sie Feinde, die Ihnen einen solch makabren Streich spielen würden? Oder…“ er macht nun einen bezeichnende Pause „…oder sprechen Sie vielleicht doch ein wenig zu viel dem…Alkohol zu?“

Schelkens sieht ihn erstaunt an, dann muss er lachen, aber so laut und klar, dass man nie meinen könnte, dieser Mann habe auch nur irgendetwas mit diesen grausamen Morden zu tun! Er muss sich erst beruhigen, um dann seine Verteidigung zuzubereiten:

„Herr Kommissar! Ich bitte Sie! Ich habe, bedauerlicherweise, keine Freunde! Ich kenne niemanden, der mir so etwas antun wollte! Und der Teufel Alkohol? Nun, da darf ich Sie beruhigen, meine Herren: meine zwei XOs am Abend nach dem Büro, die halte ich aus, ohne dabei jemanden ermorden zu müssen!“

Wäre dieser Fall mit seinen insgesamt acht Morden nicht so schrecklich, diese Unterhaltung wäre wirklich anregend! Rajesh erkennt, hier kommen sie heute nicht weiter! Er beschließt, das Verhör abzubrechen und es morgen - sicherlich mit neuen Ideen - fortzusetzen! Schelkens wird in eine Zelle gebracht und Rajesh fährt seinen Kollegen Mick, der heute mit dem Bus ins Büro gekommen war, heim.

Am nächsten Morgen sind beide, wie vereinbart, schon um 7 Uhr im Büro. Rajesh ersucht Mick, die auf dem letzten Opfer zurückgelassene Trophäe von der Spurensicherung heraufzuholen. Nach einigen Minuten ist Mick wieder da, beide nehmen sich Kaffee und bereiten, zurückgelehnt in ihren Hochlehnern, in Gedanken das Verhör vor.

Rajesh hat ein Eichenblatt vor sich auf dem Schreibtisch liegen und betrachtet es eingehend. Es unterscheidet sich eigentlich nicht erkennbar von den anderen zurückgelassenen Eichenblättern: zumindest nicht für Laien wie Rajesh einer ist. Mick hat Rajesh schon eine Minute lang beobachtet und meint nun zweifelnd:

„Ich kann mir schon denken, Rajesh, was du mit dem Eichenblatt vorhast! Aber ebenso sicher weiß ich, dass er schwören wird, dieses Ding da nicht zu kennen!“

„Das befürchte ich auch,“ entgegnet Rajesh „Es ist ja nur ein schwacher Versuch, Mick! In jedem Fall aber haben wir auch noch die Aussagen der Augenzeugen! Und die, mein Freund, das garantiere ich dir, die werden Schelkens zu Fall bringen!“

Die Ermittler

Sie erheben sich und Rajesh steckt das Eichenblatt in einen Kunststoffbeutel, den er Mick aushändigt. Sie gehen hinunter in den Verhörraum, wo Schelkens schon mit vor dem Bauch gefesselten Händen wartet.

„Guten Morgen, Herr Schelkens!" begrüßen ihn die beiden Kriminalbeamten „Es tut uns leid," meint Mick „dass Sie über Nacht hier bei uns bleiben mussten, aber die Beweise, naja, die liegen einfach auf, verstehen Sie?"

Schelkens scheint nicht unbedingt ausgeschlafen zu sein, aber er macht gute Miene zum bösen Spiel und antwortet:

„Ok, ok! Ich bin sicher, dass wir heute nicht mehr als eine halbe Stunde benötigen, um festzustellen, dass ich mit dieser Angelegenheit überhaupt nichts zu tun habe!"

Damit lehnt er sich zurück und blickt Rajesh und Mick abwechselnd mit herabgezogenen Mundwinkeln an. Rajesh wartet noch mit der Präsentation dieses wichtigen Beweisstückes zu. Er schaltet das Aufnahmegerät ein, nickt ergeben und fragt:

„Ja, tut uns leid, Herr Schelkens, aber mein Kollege, Kriminal-Hauptkommissar Servers, benötigt nur noch eine Auskunft von Ihnen: können Sie mit diesem Beweisstück etwas anfangen?"

Und mit dem letzten Wort deutet er zu Mick hinüber, dass er das Eichenblatt aus dem Beutel nehmen soll! Mick legt die Tragetasche vor

Schelkens hin, greift hinein und zieht nun langsam die Trophäe heraus, so weit, bis sie vollkommen unbedeckt vor Schelkens liegt!

Dieser blickt lächelnd darauf nieder, als würde ihm dieses Eichenblatt überhaupt nichts sagen! Er betrachtet es ein paar Sekunden und nun erleben die beiden Beamten ein entsetzliches Schauspiel:

Schelkens beginnt plötzlich, heftig zu keuchen, seine Augen sind blutunterlaufen, die Lippen sind breit auseinandergezogen, er fletscht seine Zähne und aus seiner Kehle entringt sich ein unnatürlicher, heiserer Schrei! Seine vorne gefesselten Hände reißt er hoch, wie zu einem Schlag auszuholen und mit einem durchdringenden „Aaahhhhh!" beginnt er, im Verhörzimmer hin- und herzulaufen!

Beide, Rajesh und Mick, sind aufgesprungen und haben sich vorsorglich in der linken Ecke neben der Türe postiert! Hauptmann scheint sie überhaupt nicht wahrzunehmen: er schreit und er kreischt, jetzt beginnen Tränen aus seine Augen die Wangen herunterzulaufen und ununterbrochen fahren seine aneinander gefesselten Arme senkrecht, wie die Anhalte-Kelle eines Streifenwagen-Polizisten, auf und ab! So ähnelt er einer riesigen, am Eingang eines permanenten Vergnügungsparks aufgestellten, düsteren Märchenfigur!

Rajesh und Mick reagieren überhaupt nicht auf Hauptmanns Verhalten: sie beobachten ihren Verdächtigen ruhig, aber doch mit schnellem Atem: keiner von beiden weiß, ob und wie dieser

Mann gefährlich für sie sein könnte! Rajesh ist in jeder Sekunde bereit, dem Sicherheitsbeamten durch ein vereinbartes Klopfzeichen zu signalisieren, dass sie Hilfe benötigen!

Nun bleibt Hauptmann vor dem auf dem Tisch liegenden Eichenblatt stehen und sieht es eine Zeit lang mit plötzlich total verändertem Gesichtsausdruck an! Dann nimmt er es mit seinen riesigen Händen vorsichtig auf, betrachtet es noch einmal wie ein lange ersehntes Geschenk und jetzt…küsst er es zärtlich!

Rajesh deutet Mick, sich zu setzen, beide nehmen Platz und, wie Rajesh es erhofft hat, setzt sich auch Hauptmann wieder auf seinen Stuhl! Der Verdächtige blickt nun von seiner Trophäe auf und fragt Rajesh mit verklärtem Blick leise, aber mit einer vollkommen anderen, viel dunkleren Stimme:

„Herr Kommissar, Herr Kommissar! Sehen Sie diese brillante Arbeit, diese feinen Linien, das ist ein Meisterwerk, meine Herren, ein richtiges Meisterwerk! Nicht einmal fotografieren könnte man es besser!"

„Kommen Sie, Schelkens!" meint Mick nun „Geben wir es doch wied…"

„Ich heiße Hauptmann! Willy Hauptmann, was erlauben Sie sich?" schreit Hauptmann unvermittelt „Schelkens? Was wollen Sie von Schelkens, he? Schelkens ist nicht hier, der wird wohl in der Firma sein, nicht? Denken Sie, ich wüsste nicht, woher Sie diese Schnitzarbeit haben?"

„Wir haben sie im Haus von Herrn Schelkens gefunden, Herr Schelk…äh…Hauptmann!“ reagiert Rajesh schnell „Und Ihre Regenschutzmäntel, Ihre blauen Hygiene-Handschuhe und Ihre graue Schiebermütze ebenfalls! Und auch den Brennstempel, dessen Gravur zwei würgende Hände zeigt!“

Hauptmann ist ganz ruhig geworden. Sein Blick geht in weite Ferne, jetzt wieder betrachtet er seine gefesselten Hände und flüstert mit seiner dunklen, heiseren Stimme:

„Jaja, lieber Dieter, sie wissen, wer du bist! Mit diesen brillanten Schnitzarbeiten bleibst du nicht lange unentdeckt! Das hatte ich dir ja immer schon prophezeit…!“

Rajesh und Mick wissen: jetzt und genau jetzt müssen sie Schelkens zu einem Geständnis bringen! Aber noch wissen beide nicht, ob dieser Mann da vor ihnen nicht eine gelungene Show abzieht oder ob er wahrlich eine gespaltene Persönlichkeit ist? Und wie lange wird ihn diese Figur *Hauptmann* noch besitzen? Da meldet Mick sich und fragt Hauptmann:

„Seien Sie doch so nett, Herr Hauptmann und erzählen Sie uns etwas über Ihre Eltern?“

Hauptmanns senkt den Kopf, seine Schultern fallen herab und sein Blick sucht Bilder aus der Vergangenheit! Er atmet jetzt wieder ruhig und Rajesh gratuliert insgeheim seinem Kollegen: vielleicht hat er den genau passenden Moment erwischt, dass Hauptmann sich öffnet? Dieser scheint eine Szene gefunden zu haben: jetzt hebt er seinen Kopf, blickt Mick an und flüstert plötzlich wieder mit der den beiden Beamten bekannten Stimme des Dieter Schelkens:

„Er hat doch meine Mutti umgebracht, er, dieses Dreckschwein! Ich hab ihn ja nie gewollt, diesen Hauptmann, verstehen sie? Er wollte mich an Vaters statt erziehen, dieser Idiot, aber das habe ich mir nicht gefallen lassen! Ich hab doch immer gewusst, dass ich ihn eines Tages töten würde, jawohl, töten!..Ja....“.

Er hat aufgehört zu sprechen, schüttelt nur unmerklich seinen herabhängenden Kopf und alle drei sitzen nun am Tisch und keiner weiß, wie es jetzt weitergehen soll! Rajesh fängt sich als Erster. Plötzlich hat er eine Idee und fragt behutsam:

„Herr Schelkens, können Sie uns sagen, ob, und wenn ja, wann Sie Willy Hauptmann getötet hatten?“

Schelkens blickt auf und antwortet sofort:

„Natürlich, Herr Kommissar, stand ja in allen Zeitungen, damals: er hatte meine Mutti erwürgt, ich bin dazugekommen und hab ihm mein Schnitzmesser in den Hals gerammt! Zwei Mal, Herr Kommissar, zwei Mal! Und sein Blut ist durch den ganzen Raum gespritzt! Ja, das war eine Befriedigung, wie ich sie immer erträumt hatte! Aber…meine Mutti…die konnte ich nicht mehr retten: er…er…hatte ihr das Genick gebrochen, dieser Teufel!“

„Wie alt waren Sie denn, Herr Schelkens, als dies alles passierte?“ fragt Mick ihn nun.

„Ich muss so um die dreizehn Jahre alt
gewesen sein, aber ich war groß gewachsen und
hatte keine Angst vor diesem Grobian! Kurze Zeit
vor dieser schrecklichen Szene hatte er mich im
Schuppen unseres Gartens an meinem Arbeitstisch
beinahe erwürgt und mir gedroht, er würde uns
alle umbringen, sollte ich zur Polizei gehen und
ihn wegen seines brutalen Verhaltens anzeigen
wollen! Natürlich ging ich nicht hin, ich hatte
riesige Angst, nicht um mich, nein!, sondern um
meine Mutti!" Er unterbricht sich und setzt noch
hinzu: „Und was hatte es geholfen? Gar nichts,
Herr Kommissar, nichts! Ich hätte ihn vielleicht
besser doch anzeigen sollen? Und möglicherweise
wäre uns dann viel erspart geblieben?"

Die beiden Kriminalisten sehen sich kurz an
und mit einem Kopfnicken verständigen sie sich,
das Verhör für heute Morgen vorerst abzubrechen
und nachmittags weiterzumachen! Ihr Verdäch-
tigter ist wieder ganz ruhig, freundlich und es
scheint wirklich so zu sein, dass er von seinen
furchtbaren Taten keine Ahnung hat!

Rajesh beschließt, nun einen ihrer Psychologen, Herrn Dr. Hermann Lungbarth, hinzuzu-
ziehen: er und Mick sind der Meinung, nur auf
fachkundigem Weg werden sie hoffentlich tiefer
in Schelkens´ Seele eindringen und somit diese
Mordserie restlos klären können!

Es bedarf nur vier Sitzungen, um dem
Psychologen einwandfrei zu bestätigen, dass
Dieter Schelkens sämtliche dieser Morde als sein
Alter Ego Willy Hauptmann begangen hatte!

Rajesh und Mick haben jeder eine Kopie des Attestes vor sich auf dem Schreibtisch liegen und studieren Dr. Lungbarths Bericht. Zwischenzeitlich hat Rajesh die Gerichtsunterlagen dieser Familientragödie von damals ausheben lassen. Jetzt legt Mick seine Kopie zur Seite und meint:

„Also, dieser Willy Hauptmann, das muss ja ein netter Zeitgenossen gewesen sein: und der Junge tat eigentlich nichts anderes, als seine Mutter zu beschützen! Zusätzlich war da schon so unendlich viel Hass in ihm aufgestaut, dass er Hauptmann töten *musste*!"

„Alles richtig, sehr verehrter Herr Kollege, aber wie kann aus diesem Jungen später ein Massenmörder geworden sein? Man sollte doch meinen, dass sich diese dunkle Wolke über dem Jungen mit der Tötung Hauptmanns weitgehend in Nichts auflösen hätte müssen?"

Mick zieht die Schultern hoch und versucht zu erklären:

„Wir sind keine Fachleute, Rajesh, natürlich nicht! Aber es muss in diesem Kind bereits früher ein gewaltsamer Trieb gewachsen sein, der sich durch den Tod der Mutter und durch sein damaliges Eingreifen zu einer tödlichen Wurzel herangebildet hatte! Also, wie wir ja immer wieder annehmen, Rajesh: das Böse ist irgendwie drinnen, in jedem Falle! Bei dem Einen allerdings wird es nie zum Ausbruch kommen, bei dem Anderen jedoch kann es durch solch schreckliche Ereignisse, wie sie dem jungen Schelkens widerfahren waren, zu einer unkontrollierten Explosion kommen! Wo ja bei Schelkens noch dazukommt, dass der überraschende Tod seines geliebten Vaters bei ihm auch eine große seelische Unsicherheit hinterlassen haben könnte!"

Beide sind nun in Schweigen versunken. Jeder hängt seinen Gedanken über diese sinnlose Mordserie nach, aber beide sind erleichtert, diesen Fall zu einem guten Ende geführt zu haben!

Der Prozess

Dreieinhalb Monate später beginnt der Prozess gegen Dieter Schelkens, alias Willy Hauptmann. Und wie zu erwarten war, kann der Angeklagte Dieter Schelkens mit der gegen ihn erhobenen Anklage überhaupt nichts anfangen. Aber einige Male während des Prozesses setzt bei ihm unvermittelt diese paranoide Wandlung ein! Diese Wandlung, die dem Gericht einwandfrei zeigt, dass Schelkens für alle seine Morde im Unterbewusstsein diese seinerzeit für ihn unerträgliche Person namens Willy Hauptmann als ausführenden Arm aus den Tiefen seiner Seele hervorholte!

Am ersten Prozesstag wird die Anklageschrift verlesen. Dieter Schelkens sitzt völlig ruhig, ungerührt und beinahe teilnahmslos auf seiner Bank. Er hat niemanden neben sich, er hat auf die Beistellung einer Rechtsbeihilfe verzichtet, da er überzeugt ist, aus der ganzen Angelegenheit würde ja sowieso nichts Ernstes herauskommen!

Der Saal ist gerammelt voll, mehrmals muss der Vorsitzende, Dr. Kaspar Eserth, das Auditorium mit Nachdruck zu Ruhe und Ordnung mahnen: die Entrüstung über verlesene Details der begangenen Morde - besonders natürlich die über die Kindesmorde - ist verständlich! Und der Angeklagte? Er sitzt da wie jemand, der zufällig in diesen Raum gespült wurde und den das alles nichts angeht!

Die Staatsanwaltschaft unter Dr. Gert Lassinger hat sich ein eigentlich einfaches Konzept zurechtgelegt: Dieter Schelkens weiß von nichts, daher kann man ihm seine begangenen Taten auch nicht oder nur schwer in Erinnerung rufen. Aber auch dies, so darf vermutet werden, muss nicht unbedingt zu einem Geständnis führen!

Die Anklage hat ihr Eröffnungsplädoyer gehalten, der Vorsitzende fragt den Angeklagten nun, ob er ebenfalls einleitende, vielleicht klärende Worte sprechen möchte, aber Schelkens lehnt dankend ab! Er ist überzeugt, diese für ihn untragbare Belastung eines Prozesses, in dem er selbst der Angeklagte ist, locker und ohne Anwalt standhalten zu können! Der Staatsanwalt ruft ihn nun in den Zeugenstand und beginnt nach der üblichen Feststellung der Daten des Angeklagten mit seiner Befragung:

„Herr Schelkens, Sie wissen doch, welchem Ziel die Abhaltung dieses Prozesses dienen soll?"

Schelkens blickt ihn einige Sekunden ausdruckslos an, schüttelt den Kopf und sagt leise:

„Mein Herr, pardon, aber das weiß ich nicht."

„Achja. Dann gehen wir doch ein Stück weiter zurück, Herr Schelkens! Das zuletzt aufgedeckte Verbrechen vor Ihrer Festnahme, der Mord an Ihrem Schulfreund Karl-Heinz Hillmann: können Sie sich an irgendwelche Details dazu erinnern? Oder anders formuliert: erweckt dieses

Verbrechen die eine oder andere Emotion in Ihnen?"

Nur Kopfschütteln. Dr. Lassinger überlegt kurz und tritt nun nahe an den Zeugensitz heran:

„Herr Schelkens, über den Mord an der 79-jährigen Rentnerin Edith Burghahn im Flur ihres Wohnhauses am Asternweg: dazu können Sie uns auch nichts sagen?"

Wiederum nur Kopfschütteln. Dr. Lassinger hat ein Konzept, welches Schelkens irgendwann in die Enge treiben wird!

„Die Lehrerin Anne Wieling konnte Ihrem Angriff in der Asservatenkammer der Schule nur knapp entkommen, Herr Schelkens! Sie erinnern sich? Sie waren doch dort, oder?"

Schelkens blickt ihn hilflos an:

„Herr Staatsanwalt! Bitte! Ich kann zu diesen genannten Personen keinen Bezug herstellen!"

„Nun, das ist bedauerlich, Herr Schelkens! Aber vielleicht können Sie sich an den Mord an der 19-jährigen Studentin Lisbeth Holling erinnern? Sie wurde in ihrer Studentenwohnung im Camp erwürgt aufgefunden!"

Schelkens blickt Dr. Lassinger mit ausdrucksloser Miene an und schweigt. Dr. Lassinger aber lässt sich nicht beirren:

„Ja natürlich, Herr Schelkens! Wir alle hier wissen schon: Sie können mit diesen Namen nichts anfangen, Sie haben keine Ahnung und damit sollen wir uns abfinden, oder?"

So, als hätte ihm der Staatsanwalt im wogenden Ozean ein rettendes Stück Holz hingeworfen, nickt Schelkens heftig mit erhellter Miene:

„Ja, genau, Herr Staatsanwalt, richtig! Endlich haben Sie es verstanden! Das alles hier interessiert mich überhaupt nicht!"

Dr. Lassingers Gesicht bleibt ausdruckslos:

„Aber natürlich, Herr Schelkens, sicher! Und somit wissen Sie auch nichts über den Mord an…" Dr. Lassinger unterbricht kurz, sieht Schelkens starr an und fährt langsam und betont fort: „…über den Mord an den beiden kleinen Mädchen Lea und Minnie neben der Kirmes? Herr Schelkens!" und jetzt wird seine Stimme schneidend „Zwei unschuldige Kinder, die ihr ganzes Leben noch vor sich hatten! Herr Schelkens!!" jetzt schreit er den Angeklagten an „Wollen Sie uns allen Ernstes weismachen, dass Sie auch darüber nichts wissen?!"

Schelkens hat seinen Oberkörper zurückgenommen und sieht den Staatsanwalt entsetzt an:

„Aber, bitte, Herr Staatsanwalt! Schreien Sie doch nicht so mit mir! Ich weiß nur, dass es diese Morde gab, aber…was sollte denn *ich* damit zu tun haben?"

Dr. Lassinger hat sich wieder beruhigt. Er tritt ein paar Schritte zurück, fixiert mit schief gelegtem Kopf den Angeklagten und setzt emotionslos hinzu:

„Was Sie mit diesen beiden furchtbaren Kindermorden zu tun hatten? Ist zwar interessant, dass Sie das nicht wissen, Herr Schelkens, aber wir haben Ihre DNA unter den Fingernägeln eines der Mädchen festgestellt!"

Allgemeines Murmeln im Saal und Dr. Lassinger setzt seine Befragung fort:

„In der Toilette des Warenhauses *Kronenhaus* im Stadtzentrum Münchens wurde knapp vor Weihnachten der Kaufmann Klaus-Peter Riemann erwürgt aufgefunden. Knapp vor dem Heiligen Abend, Herr Schelkens! Wie denken Sie denn über eine solche Tat? Wollen Sie uns Ihre ehrliche Meinung dazu bekanntgeben?"

„Tja,…das finde ich schon heftig, nicht? Da warten Familie, Angehörige, etc. auf den Gatten, den Vater, den Bruder, den Sohn und was weiß ich noch wer aller! Und dann findet man ihn erwürgt auf der Klomuschel sitzend in ei…"

„Niemand, Herr Schelkens," unterbricht ihn Dr. Lassinger sofort mit schneidender Stimme „niemand außer den dort anwesenden Beamten wusste, *wie* der Tote aufgefunden wurde! In keinem Medium wurde dieser Umstand erwähnt! Und Sie wissen, dass er erwürgt auf der Muschel saß? Wollen Sie uns das bitte näher erklären?"

Schelkens Blick ist unstet geworden: er sieht sich im Saal um, blickt hinüber zum Vorsitzenden Dr. Eserth, dann lässt er seinen Blick über die Zuhörerschaft gleiten und entgegnet mit heiserer Stimme:

„Naja, das…das…kann man doch annehmen, …"

„Nein, nein, Angeklagter!“ fährt ihm Dr. Lassinger schneidend dazwischen „Nein, Herr Schelkens! Das kann man zwar annehmen, aber so wie Sie das soeben wiedergegeben haben, müssen Sie eigentlich mehr darüber wissen! Oder täusche ich mich?“

Das erste Geraune hat sich im Saal breitgemacht. Dr. Eserth mahnt Ruhe ein und Dr. Lassinger lässt Schelkens jetzt keine Ruhe mehr:

„Herr Schelkens!“ fährt er mit der Vernehmung fort „Das sieht aber nun gar nicht so gut aus für Sie, meinen Sie nicht auch? Sie sind im Besitz von Tatort-Informationen, die niemand sonst außer den Ermittlern wissen kann! Aber darüber später, ja? Ich rufe nun noch den Mord an der 44-jährigen Iljana Brezovic in dem Waldstück, das zum Bahnhof führt, in Erinnerung: es hatte an diesem Morgen geregnet und daher war die Spurensicherung leider gar nicht erfolgreich!“ Er wartet einige Sekunden und fährt mit leichter Ironie in der Stimme fort: „Ich spüre schon, Herr Schelkens: auch nichts, wie?“

Mit einem emotionslosen Zucken seines Gesichtes erklärt Schelkens sich auch hier für nicht zuständig! Dr. Lassinger nickt dazu nur, wartet noch einige Sekunden und fährt fort:

„Dann dürfen wir annehmen, Angeklagter, dass Sie uns auch bei dem ungeklärten Mord an dem Taxifahrer Güner Atasoy nicht weiterhelfen können…oder wollen?“

Der Angeklagte ist ganz ruhig geworden, hält seinen Kopf gesenkt, hat seine Hände im

Schoß verschränkt und schweigt zu all den Anschuldigungen des Staatsanwaltes. Dieser jedoch scheint seiner Sache absolut sicher zu sein: nun geht er zum Richtertisch und nimmt das Beweisstück Nummer 1 zur Hand. Dieses hält er nun hinter seinem Rücken verborgen und begibt sich zurück zum Zeugenstuhl. Hier hält er an, sieht dem Angeklagten lange und ruhig an und legt dann das geschnitzte Eichenblatt auf die Oberkante der hölzernen Barriere vor Schelkens hin. Und ab sofort ist das Verhalten des Angeklagten bemerkenswert:

Er hat begonnen, schneller zu atmen. Sein Blick ist starr geworden, er wiegt seinen Kopf in unnatürlichen Bewegungen einmal von oben nach unten, dann wieder von rechts nach links und seine riesigen Hände haben die Barriere links und rechts von dem Beweisstück umklammert!

Dr. Lassinger ist demonstrativ zurückgetreten, um dem Zusehern den Blick frei zu geben auf dieses seltsame, irgendwie furchtbare Schauspiel, das sich nun darbietet! Wieder entsteht unüberhörbares Gemurmel im Saal, jetzt aber verhält sich der Vorsitzende ruhig und lässt den Emotionen im Saal freien Lauf!

Plötzlich entringt sich ein heiserer, unnatürlicher Schrei Schelkens´ Kehle: er ist…Hauptmann geworden! Langsam erhebt er sich, unentwegt Dr. Lassinger anstarrend! Diesem fährt der Schreck in alle Glieder, er macht noch einige Schritte zurück, blickt nun Dr. Eserth an und deutet mit den Augen, dass dieser Hilfe sollen soll! Der Richter betätigt die dafür vorgesehene Taste und schon ein paar Sekunden darauf wird die große Saaltüre geöffnet und drei Sicherheitsbeamte betreten den Verhandlungs-Raum. Mit erfahrenen Blicken erkennen sie die Situation, und bewegen sich zügig nach vor zum Richtertisch!

Aber noch ehe sie ihr Ziel erreichen können, ist Hauptmann blitzschnell aufgesprungen und hat Dr. Lassinger mit wenigen Schritten erreicht, fährt ihm mit seinen Riesenhänden an den Hals und drückt wie vom Teufel besessen zu! Dr. Lassingers Augen werden groß, er kämpft wie verrückt gegen diese tödliche Umklammerung, aber Hauptmann in seinem Mordrausch lässt nicht locker! Schreie der Angst und des Entsetzens erfüllen den Saal, einige Besucher sind aufgesprungen: sie sehen in dem Angeklagten ein Monster aus einem Horror-Film und wollen den Saal verlassen! Nun haben die Sicherheitsleute die beiden erreicht, mit einigen geübten Griffen befreien sie den Staatsanwalt aus seiner misslichen Lage, zwingen Hauptmann auf den Boden, wo sie ihm Handschellen anlegen!

Ein sofort herbeigerufener Arzt untersucht Dr. Lassinger, der aufgrund seines verletzten Kehlkopfes kein Wort mehr hervorbringt! Natürlich wird die Verhandlung abgebrochen und auf unbestimmte Zeit vertagt! Hauptmann wird abgeführt und die Aufregung im Saal ist denkbar groß!

Richter Dr. Eserth besucht nach einigen Tagen Dr. Lassinger in dessen Haus, um sich über seinen Gesundheitszustand zu erkundigen und um ihn zu fragen, ob überhaupt und wenn ja, wann er denn den Prozess weiterführen könnte?

„Herr Kollege," meint der Vorsitzende behutsam „oder wäre es Ihnen vielleicht doch lieber, die Anklage einem Ihrer Kollegen anzuvertrauen? Ich bin nicht sicher, ob Sie Schelkens mit Ihrem gequetschten Kehlkopf überhaupt in die Mangel nehmen können?"

Dr. Lassinger schüttelt sofort ablehnend sein Haupt und krächzt mühevoll und höchst erregt:

„Herr Dr. Eserth, bitte! Das dürfen Sie mir nicht antun! Dieser Fall hat mich so viele Wochen lang intensiv beschäftigt! Dieser Schelkens ist nach Auskunft des Psychiaters ein ernster Fall paranoider Schizophrenie und ich habe mir ein Konzept erarbeitet, das uns vielleicht Schritt für Schritt zur ganzen Wahrheit und sogar zu einem Geständnis des Mörders führen kann! Aber das, lieber Dr. Eserth, das kann ein Kollege nie und nimmer übernehmen, glauben Sie mir!"

Es dauert noch fünf Wochen, bis Dr. Lassinger wiederhergestellt ist und der neuerliche Termin für den Prozess wird fixiert. Vor wiederum vollbesetztem Saal hat Dr. Lassinger nun Schelkens Ex-Frau, Rosanne Pogert, als Zeugin geladen. Rosanne ist anzumerken, dass sie völlig verängstigt und zitternd den Zeugenstand betritt! Dr. Lassinger ist erfahren genug, um hier nicht sofort in medias res zu gehen: nach der

Feststellung der persönlichen Daten der Zeugin fragt er in beruhigendem Ton:

„Also, Frau Pogert, versuchen wir doch vorerst einmal, Ihre sichtbare Scheu vor diesem Gericht abzubauen, einverstanden?“

Rosanne sieht auf und nickt kurz.

„Wissen Sie,“ meint Dr. Lassinger „an diesem Platz sind vor Ihnen ja schon viele Zeuginnen und Zeugen, Angeklagte und Experten gesessen. Solche Befragungen sind für die Einhaltung des Rechtswesens nun einmal erforderlich, Frau Pogert! Das verstehen Sie schon, oder?“

Wieder nickt Rosanne kurz, diesmal aber schon einigermaßen gelockert!

„Und jetzt frage ich Sie, Frau Pogert: Sie wissen, warum Sie hier aussagen sollen und gegen wen?“

„Ja..“ haucht Rosanne.

„Frau Pogert, bitte verstehen Sie: sagen Sie das bitte laut und deutlich dem Hohen Gericht?“

„Ja!“

„Ausgezeichnet, Frau Pogert!“ sagt Dr. Lassinger nun lächelnd „Dann können wir ja in medias res gehen!“ Er deutet mit dem rechten Arm hin zu Schelkens auf der Anklagebank „Sie kennen diesen Mann, den Angeklagten? Wenn ja, so sagen Sie auch gleich seinen Namen dazu!“

Die Zeugin blickt jetzt hinüber zu Schelkens, sieht in einige Sekunden mit Abscheu an und sagt laut und deutlich:

„Ja, ich kenne den Angeklagten! Es handelt sich um meinen Ex-Mann, Dieter Schelkens!“

Dr. Lassinger breitet seine Arme aus und ruft theatralisch:

„Ja, genau das ist es, Frau Pogert, was wir benötigen! Wollen Sie uns jetzt bitte noch sagen, warum Ihre Ehe schief ging?" Aber sofort setzt er hinzu: „Das müssen Sie aber nicht, Frau Pogert, wenn Sie es nicht wollen, nein! Aber es kann unter Umständen der Schwere der Beweislage dienen!"

Rosanne nickt wieder, denkt einige Sekunden nach und dann beginnt sie zu sprechen, laut, aber monoton, wie wenn in ihr ein Film ablaufen würde:

„Wir waren einige Jahre glücklich verheiratet, als ich meinem Mann mit großer Freude mitteilte, dass wir mit Nachwuchs rechnen durften! Ich war so glücklich und erwartete ebensolche Gefühlsregung von ihm. Aber was ich sofort darauf zu hören bekam, das konnte ich einfach nicht glauben: er warf mir Verrat vor, in unserer Beziehung hätte niemand sonst Platz außer uns beiden! Ich fragte ihn, erst total verwundert, dann enttäuscht und danach höchst erregt, ob er denn seinen Verstand verloren hätte? Aber er beharrte verbissen auf seinem Standpunkt!"

Eine Pause tritt ein, es ist mucksmäuschenstill im Saal und Dr. Lassinger belässt alles so, wie es gerade ist! Dann tritt er nahe an den Zeugenstuhl heran, sieht Rosanne lange in die Augen und fragt:

„Aber ich glaube zu wissen, Frau Pogert, da ist noch etwas vorgefallen, oder? Etwas, das Ihre

Entscheidung, ihn zu verlassen, stark beeinflusst hatte?"

Die Spannung im Saal ist beinahe unerträglich! Rosanne Pogert hat ihren Kopf gesenkt, schüttelt ihn nun, so als wolle sie ein unangenehmes Ereignis verweigern! Dann richtet sie sich auf, sieht hinüber zum Angeklagten und beginnt zu sprechen:

„Mein Mann bekam, nachdem ich ihm vorgeworfen hatte, er sei nicht ganz normal, plötzlich einen schrecklich starren Blick, er hob seine großen Hände, umklammerte meinen Hals und drückte zu!"

Erregtes Gemurmel erhebt sich im Saal und Dr. Eserth mahnt mit dem Hammer Ruhe ein! Rosanne atmet einige Male tief durch, um jetzt fortzufahren:

„Ich bekam schreckliche Angst, ja, eine Todesangst, natürlich in erster Linie um mein Baby! Aber was konnte ich schon tun als vollkommen chancenlos gegen seinen mörderischen Griff zu kämpfen?"

Jetzt versagt ihr die Stimme: haltlos schluchzend schlägt sie, diese grausige Szene vor ihrem geistigen Auge, ihre Hände vors Gesicht! Dieter Schelkens aber sitzt völlig apathisch auf der Anklagebank! Dr. Lassinger lässt ihr etwas Zeit, um sie dann behutsam zu fragen:

„Möchten Sie vielleicht eine Pause machen, Frau Pogert? Sie dürfen sich natürlich zurückziehen, um sich ein wenig erholen zu können!"

Es währt noch einige Sekunden, dann nimmt Rosanne ihre Hände herunter, holt ein Taschentuch aus ihrer Handtasche, wischt sich die Tränen ab und sagt, noch etwas stockend:

„Nein, vielen…Dank, Herr Staatsanwalt,… das…das stehe ich schon durch!"

Wieder holt sie einige Male tief Luft und setzt fort:

„Ich bekam keine Luft mehr, mir wurde langsam schwarz vor den Augen…" wegen ihrer zuckenden Lippen muss sie wieder Pause machen, dann spricht sie weiter: „…ich dachte, dass es jetzt aus wäre! Aber plötzlich verdrehte er seine Augen, ich sah nur mehr das Weiße, sein Griff um meinen Hals löste sich und auf einmal sank er ohnmächtig vor mir auf den Boden!" Sie hat sich komplett gefangen, sieht jetzt mit festem Blick hinüber zu dem Angeklagten und setzt noch hinzu: „Es hat es nicht geschafft, Gott sei Dank, sonst gäbe es mich und meine Tochter heute nicht! Aber leider ist es ihm bei den anderen ja doch gelungen…"

„Frau Pogert!" unterbricht sie Dr. Eserth sofort, indem er sie belehrt: „Herr Schelkens steht hier unter Anklage, aber seine Schuld ist nicht bewiesen!"

Sie entschuldigt sich und Dr. Lassinger entlässt sie aus dem Zeugenstuhl. Nun wendet er sich an den Vorsitzenden und bittet ihn, die Zeugin Anna Wieling in den Zeugenstand zu rufen. Eine Minute später wird sie vereidigt, sitzt nun vor Dr. Lassinger und dieser beginnt die Befragung:

„Frau Wieling, Sie erinnern sich an diesen schrecklichen Vormittag in der Schule?"

Sie nickt sofort und nachdem Dr. Lassinger sie gebeten hat, dem Gericht dieses Erlebnis zu schildern, gibt sie detailgetreu wieder, was ihr in dem Asservaten-Raum widerfahren war. Als sie geendet hat, fragt Dr. Lassinger sie:

„Frau Wieling, erkennen sie hier im Raum den Mann, der Sie damals überfallen hatte?"

Umgehend zeigt die Zeugin mit ausgestrecktem Arm auf Schelkens. Dieser sitzt vollkommen emotionslos auf seinem Stuhl, ja, er scheint sogar amüsiert über dieses für ihn lächerliche Schauspiel zu sein!

„Sie sind diesem Mann, den Sie soeben dieser Tat beschuldigt haben, mit knapper Not entkommen, Frau Wieling!" sagt Dr. Lassinger „Und können Sie bestätigen, dass der Täter irgendeine Verkleidung trug?"

Frau Wieling greift sich unwillkürlich an den Hals, denkt einige Sekunden nach und antwortet:

„Er trug, soweit ich mich erinnere, solche Kunststoff-Schutzhandschuhe, ich glaube, sie waren von blauer Farbe. Und wenn ich mir jetzt nochmals die Szene ins Gedächtnis rufe, trug er einen Kunststoff-Übermantel, Sie wissen, was ich meine: so einen Regenschutz aus dünnem Plastik, der Volksmund nennt das Wetterhexe!"

Schelkens hat sich zurückgelehnt, einen Arm um die Rückenlehne seines Stuhles gelegt und sich zum Publikum umgedreht. Sein Blick streift das gesamte Auditorium und dabei hat er sein Gesicht zu einem entschuldigenden Lächeln verzogen.

Dr. Lassinger hat die Zeugin entlassen und lässt nun Peter Honbühel, den Jungen, der Schelkens nach dessen Mord an Edith Burghahn an der Ecke Asternweg-Perlstraße beinahe umgefahren hatte, als Zeugen aufrufen. Nach Feststellung der Daten fragt der Vorsitzende den Buben mit beruhigendem Ton:

„Peter, alles, das wir hier heute besprechen, hat große Wichtigkeit, um den Angeklagten als Täter überführen zu können! Der Staatsanwalt, Herr Dr. Lassinger, wird dich nun befragen und du darfst wirklich nur das aussagen, an das du dich mit Sicherheit erinnern kannst! Ist das alles für dich verständlich?"

Der Junge nickt heftig, natürlich ist er aufgeregt, aber die richtig gewählten Worte des Vorsitzenden geben ihm die entsprechende Sicherheit und Ruhe! Dr. Lassinger tritt nun an den Zeugenstuhl heran, lehnt sich locker mit dem Arm an die Holz-Brüstung, lächelt Peter kurz an und fragt ihn dasselbe, das er zuvor Frau Wieling gefragt hatte:

„Peter, erkennst du hier im Saal den Mann wieder, dem du damals an der Ecke Asternweg-Perlstraße begegnet bist und den du beinahe umgefahren hättest?"

Peter nickt und wartet.

„Und würdest du bitte auf diesen Mann deuten?"

Peter hebt ohne zu zögern seinen rechten Arm und deutet hinüber zu Schelkens. Dr. Lassinger geht langsam hin zur Anklagebank, stellt sich neben Schelkens hin und fragt nochmals laut und vernehmlich:

„Meinst du diesen Mann, der hier rechts neben mir sitzt, Peter?"

Dieser zögert nicht eine Sekunde und antwortet mit klarer und fester Stimme::

„Jawohl, Herr Staatsanwalt! Das ist der Mann!"

„Und, Peter, ist dir an diesem Mann damals etwas aufgefallen?"

„Aber ja!" entgegnet der Junge sofort „Als ich mich zu ihm umgedreht hatte, um mich bei ihm zu entschuldigen, war er eben dabei, sich blaue Kunststoff-Handschuhe abzustreifen!"

„Danke, Peter!" meint Dr. Lassinger mit zufriedenem Lächeln „Das wärs ja schon wieder!"

Mit einem aufmunternden Lächeln entlässt er den Zeugen. Alles läuft irgendwie geplant, eher einseitig und so gar nicht nach dem gewohnten Muster eines Schwurgerichts-Prozesses ab: natürlich deshalb, da der Angeklagte keinen Rechtsanwalt zur Seite hat! Aber das wollte er ja so haben und daher gibt es keine weiteren Zeugenbefragungen, keine Einsprüche und auch keine Kreuzverhöre! Und Dr. Lassinger hat bewusst auf die Einvernahme des Schaubudenbesitzers Robert Wertkins verzichtet: er will unbedingt vermeiden, dass in den Wiedererkennungs-Aussagen der Zeugen auch nur die kleinste Unsicherheit aufkommen kann! Schließlich hat Wertkins den Täter ja eigentlich nur von hinten gesehen, als dieser mit den beiden Mädchen die Kirmes verließ!

Dr. Lassinger ruft nun seinen vorletzten Zeugen, Herrn Axel Gelderman, zum Verhör. Dieser erscheint im Gerichtssaal mit seiner gewaltigen weißgrauen Mähne wie ein grusinischer Großfürst! Er nimmt im Zeugenstand Platz und Dr. Lassinger geht nach den Formalitäten gleich zur entscheidenden Frage über:

„Herr Gelderman! Sie haben behauptet, den Angeklagten zu kennen und zwar deshalb, da er vor längerer Zeit bei Ihnen auf Ihrem Flohmarkt-Stand erschienen war und sich für einen elektrischen Brennstempel interessierte und diesen dann auch ankaufte! Ist das richtig?"

Gelderman nickt und bestätigt mit deutlicher Stimme und einem kräftigen „Jawohl!" Dr. Lassingers Frage.

„Und welches Motiv, Herr Gelderman, weist der Stempel dieses Gerätes auf? Beziehungsweise, was ist Ihnen an diesem Brennstempel als Besonderheit aufgefallen?"

„Naja…also, ich kann mich erinnern, dass wir mit dem Angeklagten darüber diskutierten, was dieser Brennstempel, der zwei krallenartig geformte Hände zeigt, bedeuten könnte? Ich habe den Interessenten aufgeklärt, dass es sich angeblich um die Bestellung eines Geistlichen gehandelt hatte und diese beiden Hände sollen den Empfang irgendeiner göttlichen Sache, vielleicht gar des *Heiligen Grals*, symbolisieren!"

„Vielen Dank, Herr Gelderman! Und können Sie uns sagen, ob sich dieser Kunde heute hier in diesem Saal befindet?"

Axel Gelderman dreht seinen Kopf hin in Richtung der Anklagebank, hebt seinen rechten Arm und deutet hinüber:

„Jawohl, Herr Staatsanwalt, das kann ich mit Sicherheit: dort sitzt dieser Kunde!"

„Herr Gelderman, Sie meinen damit den Angeklagten, Herrn Dieter Schelkens?"

„Jawohl!" sagt Gelderman laut und deutlich „Ich erkenne ihn mit 100-prozentiger Sicherheit wieder!"

Mit dieser wichtigen Bestätigung wird der Zeuge entlassen. Nachdem Dr. Lassinger die Beendigung seiner Zeugenbefragungen angekündigt hat, fragt Dr. Eserth den Angeklagten, ob er zu den Aussagen der Zeugen Stellung nehmen möchte? Schelkens bejaht, erhebt sich und nimmt vor dem Richtertisch Stellung. Zuerst sieht er auf Dr. Lassinger, dann auf den Vorsitzenden und beginnt, nachdem er einige Male sein Gesicht zu einer fatalistischen Miene verzogen hat, mit seiner Rede:

„Sehr geehrtes Gericht! Ich glaube, hier als Opfer eines grausamen Justizirrtums behandelt zu werden! Ich, Dieter Schelkens, Abteilungsleiter eines der größten deutschen Transport-Konzerne und unbescholten, soll all diese aufgezählten Morde und Mordversuche begangen haben? Das ist, gelinde gesagt, Hohes Gericht, ein Witz, jawohl: ein trauriger Witz!"

Bei seinen letzten Worten ist Schelkens´ Stimme immer lauter geworden, die beiden letzten Worte schreit er beinahe in den Saal hinaus! Nun dreht er sich zu den Besuchern hin, sein Blick wird wild, sein Mund verzieht sich zu einem beinahe nicht sichtbaren Strich und er fährt fort:

„Nichts, aber auch gar nichts, verehrtes Publikum, ist hier bewiesen! Ja, gut, man hat in meinem Haus im Keller angebliches Beweismaterial sichergestellt! Na und? Was davon kann man gegen mich verwenden? Ich weiß wirklich nicht, wer diese Beweisstücke in meinen Keller gebracht und sie dort versteckt haben könnte!“

Jetzt bekommt seine Stimme einen ironischen Unterton:

„Ja, natürlich, man braucht jetzt langsam einen Sündenbock! Die Mordserie geht schon zu lange und die Polizei tappt laufend im Dunkeln! Und Zufall um Zufall hat leider ergeben, dass angeblich ich dieser Serienmörder sein soll?“

Er wendet sich nun dem Vorsitzenden zu und sagt laut und vernehmlich:

„Herr Vorsitzender! Ich weise jegliche Schuld von mir! Mit diesen schrecklichen Verbrechen habe ich nichts zu tun und fordere daher, diesen lächerlichen Prozess zu beenden und mich umgehend auf freien Fuß zu setzen! Ich danke für Ihre Aufmerksamkeit!“

Damit nimmt er wieder auf der Anklagebank Platz, sitzt in aggressiver Pose mit vor der Brust verschränkten Armen da und stiert den Vorsitzenden fordernd an! Dr. Eserths Miene ist sichtbar gelangweilt, er legt seinen Kopf schief und entgegnet dem Angeklagten:

„Herr Schelkens! Ich sitze einem ordentlichen Gericht vor und werde diese Verhandlung nach den rechtlichen Grundsätzen dieses Staates auch zu führen wissen! Und sie beenden, egal wie alles auch ausgehen mag! Es steht Ihnen natürlich zu, auf Ihre Unschuld zu pochen, ich ersuche Sie jedoch erstens, abwertende Bemerkungen über dieses Gericht zu unterlassen und zweitens, dem Urteil der Geschworenen nicht vorzugreifen!“

Damit blickt er hinüber zu Dr. Lassinger:

„Herr Staatsanwalt, sind Sie mit der Zeugenbefragung fertig oder möchten Sie noch jemanden aufrufen?“

Dr. Lassinger möchte eben antworten, da kommt plötzlich Liane Pogert nach vor zu ihm, flüstert ihm etwas ins Ohr, worauf Dr. Lassinger sie selbst noch als Zeugin nennt! Der Vorsitzende genehmigt den Antrag, Liane nimmt jedoch nicht im Zeugenstuhl Platz: sie bleibt vor dem Richtertisch stehen und ersucht den Vorsitzenden, Ihrem Vater ein paar Fragen stellen zu dürfen. Dr. Eserth überlegt kurz: er ahnt, dass diese Gegenüberstellung sehr emotional ausgehen kann! Aber im Sinne einer weitgehend geschlossenen Beweisführung genehmigt er Lianes Bitte.

Liane geht einige Schritte hinüber zu Ihrem Vater, der aus Sicherheitsgründen von zwei Securities flankiert ist. Sie hält in einigem Abstand vor seinem Tisch und fragt laut, sodass auch die Besucher der letzten Reihe ihre Worte deutlich vernehmen können:

„Vater! Willst du allen Ernstes behaupten, von diesen schrecklichen Morden nichts gewusst zu haben? Hey! Ich bin deine Tochter!"

Mit vorgestrecktem Kopf versucht sie, ihren Vater dazu zu bewegen, sie anzusehen. Schelkens hat seinen Kopf abgewendet und sieht mit verkniffenem Gesicht hinüber zum großen Fenster und verhält so in dieser Position. Liane jedoch gibt nicht nach und forscht weiter:

„Ich war doch letzthin bei dir auf Besuch, ich wollte meinen leiblichen Vater kennenlernen und ich hatte das Gefühl, dass dir dieser Besuch nicht so richtig passte, oder irre ich mich da?"

Unbeweglich steht sie da und lässt ihren Vater nicht aus den Augen! Bei diesem ist jetzt eine leichte Veränderung zu bemerken: seine Augen haben sich zu schmalen Schlitzen zusammengezogen, seine Lippen sind aufeinandergepresst, sodass sie nur als dünner Strich zu erkennen sind! Es herrscht ungewöhnliche Stille im Zuseherraum und sowohl Dr. Lassinger als auch der Vorsitzende beobachten gespannt die höchst peinliche Szene! Plötzlich wendet sich Schelkens seiner Tochter zu und erhebt sich. Der Vorsitzende bedeutet den beiden Sicherheits-Beamten mit leicht erhobenem Zeigefinger und mit einem scharfen Blick, höchst wachsam zu sein, aber Schelkens verlässt seinen Platz nicht, er richtet sich nur zu voller Größe auf und zischt seiner Tochter entgegen:

„Ich hätte mich freuen sollen über deinen Besuch? Sag, was fällt dir ein, dies anzunehmen? Du und nur du alleine hast unsere Ehe kaputt gemacht! Du warst nicht erwünscht, du hast mich aus dem Haus getrieben! Ich hatte dich nicht gerufen, Tochter! Und daher hatte ich dich auch nicht willkommen geheißen! Du bist nur…“

„Was quasselst du da für einen Scheiß?!“ unterbricht ihn schreiend seine Tochter „Du wagst es, zu bestimmen, ob deine Frau schwanger werden darf oder nicht? Und als sie es wurde, hättest du sie beinahe umgebracht, du Scheusal! Warum bist du nicht schon früher abgehauen, wenn dir dein einsames Leben so wichtig war und ist?“ Ihre Stimme wird zu einem grellen Diskant: „Und weil du mit deinem armseligen Leben nicht fertig wirst, ermordest du einfach…“

„Fräulein Pogert! Fräulein Pogert!“ ermahnt sie der Vorsitzende „Bitte keine Anschuldigungen dieser Art, bitte! Noch gilt für den Angeklagten die Unschuldsvermutung!“

Liane ist in sich zusammengesunken, steht immer noch bebend vor ihrem Vater, dessen Gemütszustand sich nicht verändert hat! Es ist mäuschenstill im Saal, Liane nickt leicht und sagt leise:

„Ich danke meiner Mutter von ganzem Herzen, dass sie die erste Gelegenheit beim Schopf gepackt hatte und nach deinem Angriff auf sie umgehend ausgezogen war!“ Sie macht eine kleine Pause, hebt ihren Kopf, fixiert ihren Vater und setzt hinzu: „Sonst wären wir beide gar nicht mehr am Leb..“

„Fräulein Pogert! Bitte!“ ruft Dr. Eserth vom Richtertisch zu ihr hinüber, aber Liane hebt sofort entschuldigend ihre Arme, dreht sich um und nimmt tränenüberströmt und immer noch erregt atmend im Zuschauerraum Platz!

Dr. Lassinger bittet jetzt das Gericht, den Angeklagten nochmals verhören zu dürfen. Dr. Eserth nickt dazu und Schelkens nimmt im Zeugenstuhl Platz. Dr. Lassinger hat aus den vorliegenden Beweisstücken den Brennstempel in die Hand genommen, wendet sich dem Angeklagten zu, ohne jedoch seine Position vor dem Richtertisch zu verlassen:

„Angeklagter!“ ruft er und es scheint, dass er hier eine Art öffentlichen Schauprozess abziehen möchte! „Angeklagter! Soweit die Spurensicherungen ergaben, hatten Sie quasi überhaupt keine Spuren an den Tatorten hinterlassen?“

Schelkens zuckte mit den Schultern:

„Sehen Sie? Das beweist ja eindeutig meine Unschuld, oder?“

„Sie trugen anlässlich Ihrer Mord-Ausfahrten nach Zeugenaussagen jeweils einen Regenschutzmantel und blaue Kunststoffhandschuhe, stimmt das so?“

„Wenn Sie meinen, Herr Staatsanwalt“ erwidert Schelkens emotionslos

„Im Zuge Ihrer Festnahme, Herr Schelkens, sicherten die Beamten in einer Geheimlade unter Ihrem Arbeitstisch sowohl eine gebrauchte Regen-

haut und auch ein Paar blaue Schutzhandschuhe!"

Wieder zuckt Schelkens wortlos mit den
Schultern, jetzt allerdings schon mit einer eher
besorgt anmutenden Miene!

„Wissen Sie, Angeklagter, auf diesen
Beweisstücken hatten unsere Spezialisten jede
Menge Fingerabdrücke von Ihnen finden können.
Aber was denken Sie, konnte man dann noch
feststellen?"

Schelkens Miene hat einen feindlichen
Ausdruck angenommen!

„Die Spezialisten hatten zusätzlich auf der
Regenhaut auch viele Faserspuren des Tweed-
Sakkos von Heinz-Peter Hillmann, Ihrem Jugend-
freund, sichern können! Und wir haben auch jene
Fasern auf den Handschuhen unter die Lupe
genommen! Und siehe da, Herr Schelkens, an der
Regenhaut konnte man Fasern Ihrer weinroten
Wollweste und auf den umgestülpten Hand-
schuhen Ihre DNA feststellen! Und das waren die
Utensilien, die Sie bei der Beseitigung Ihres
Mordopfers Heintz-Peter Hillmann trugen!"

Schelkens Gesicht zuckt ununterbrochen!
Sein Atem geht rasend schnell, eine Stellung-
nahme zu den Behauptungen des Staatsanwaltes
gibt er nicht ab! Dr. Lassinger jedoch gönnt
Schelkens keine Pause:

„Angeklagter!" ruft er nun „Was halte ich
hier in meiner rechten Hand?"

Und er hält den Brennstempel hoch, sodass
ihn auch die Zuseher in den hinteren Reihen sehen

können! Schelkens Augen beginnen zu zucken, er atmet einmal tief ein, hebt seine Linke und deutet mit dem Zeigefinger hin zu Dr. Lassinger:

„So wie ich das erkennen kann, handelt es sich um einen…einen…elektrischen Brennstempel, oder?"

„Bravo, Herr Schelkens, bravo! Wie Sie wissen, fanden wir dieses Gerät versteckt in einer Geheimlade Ihres Arbeitstisches! Und jetzt sollten wir nur noch wissen, wofür Sie diesen Brennstempel verwendet hatten?"

Wieder beginnen die Augen des Angeklagten heftig zu zucken! Er ist sichtlich nervös geworden, wiegt seinen Oberkörper wieder und wieder nach vor und zurück und sein Blick streift wie ziellos durch den Saal!

„Angeklagter!" ruft Dr. Lassinger „Beruhigen Sie sich bitte und beantworten Sie meine Frage!"

Plötzlich treten Tränen aus des Angeklagten Augen und rinnen in Strömen seine Wangen herunter! Seine Schultern zucken konvulsivisch, er scheint sichtlich einem Nervenzusammenbruch nahe! Aber Dr. Lassinger kämpft wie ein Löwe um die Wahrheit und ruft laut:

„Angeklagter! Wir alle erwarten Ihre ehrliche, einfache Antwort auf meine einfache Frage: wozu brauchten Sie diesen Brennstempel?" Da Schelkens noch nicht fähig ist zu antworten, fährt Dr. Lassinger mitleidlos fort: „Um das Motiv dieses Stempels, die würgenden Hände, in Ihre Eichenblätter zu brennen, habe ich recht? In die

Eichenblätter, Herr Schelkens," und jetzt ist seine Stimme schneidend und sehr laut geworden „welche Sie in armseligem Triumph auf Ihren grausam ermordeten, unschuldigen Opfern zurückgelassen hatten?!"

Schelkens windet sich in seinem Stuhl, er schüttelt seinen Kopf, dann wieder nickt er zustimmend und gleich darauf presst er beide Hände seitlich an seinen Kopf! Mit einem Mal steht er auf, die beiden Securities erheben sich ebenfalls - bereit zum sofortigen Eingreifen - und hunderte Zeugen erleben wieder diese schreckliche Wandlung, die in dem Angeklagten vor sich geht: Mit einem hörbaren Röcheln verharrt der Angeklagte bewegungslos im Zeugenstand! Jetzt verzieht sich sein Gesicht wieder zu einer hasserfüllten Fratze und zähnefletschend starrt er mit irrem Blick Dr. Lassinger an:

„Ja, ja, ja!!" schreit er es hinaus „Und nach jedem Einbrennvorgang musste ich hinaus und jemanden finden, auf dem ich diese herrliche Arbeit hinterlassen konnte, jawohl!"

Atemlos hält er inne und Dr. Lassinger hakt sofort ein:

„Und es war Ihnen vollkommen gleich, ob es sich um Frauen, Männer oder sogar Kinder gehandelt hatte?"

Die Augen des Angeklagten haben ihren starren Blick verloren! Jetzt ruft er mit schief gelegtem Kopf, hochgezogenen Schultern und weinerlicher Stimme beinahe entschuldigend hinein ins Publikum:

„Aber, ich…ich konnte diese wunderbaren Arbeiten doch nicht einfach im Kasten vermodern lassen, versteht ihr das denn nicht? Diese brillanten Schnitzarbeiten, die brauchten doch einen adäquaten Platz, der Aufmerksamkeit für sie erregte!…" Er hält kurz inne, hebt beide Hände sichtbar in die Höhe und fährt fort: „Sehen Sie sich doch diese Hände an, geehrtes Publikum: sind sie nicht prädestiniert dafür, etwas Einmaliges zu schaffen? Und das haben sie doch!"

Jetzt geht er hinüber zum Richtertisch und die beiden Aufseher folgen ihm auf dem Fuß! Beim Vorsitzenden angelangt, bittet er, eines der Eichenblätter in die Hand nehmen zu dürfen! Dr. Eserth kommt seiner Bitte nach und Hauptmann nimmt das Beweisstück in beide Hände! Er hält es hoch wie der Priester die Hostie beim Hochamt, zögert noch einige Sekunden und dann entfährt es wimmernd seinem Mund:

„Aber…aber ich konnte doch nichts dagegen tun! Das Einbrennen dieser beiden wunderschön gearbeiteten Hände war immer die… Overtüre zu meinen Ausfahrten!" Er meint wirklich *Ausfahrten,* so als ob es sich um einen netten Tagesausflug gehandelt hätte! „Und es hatte doch auch immer geklappt, oder? Außer damals in der Schule leider nicht…"

Und er sagt auch *leider*! Er nennt es einfach einen verlorenen Boxkampf, eine unterlegene Schachpartie, oder irgendein vertipptes Wettrennen! Plötzlich hebt er das Eichenblatt ganz nahe an seine Augen, blickt prüfend darauf und murmelt bewundernd:

„Das ist das Eichenblatt der Frau Brezovic! Sehen Sie, Herr Staatsanwalt, dieser winzige Fehler genau hier an der Unterseite, ganz oben am Rand...,“ er schüttelt tadelnd den Kopf „...eine Nachlässigkeit, ts ts ts...“

Die Stille im Saal ist fast greifbar! Aber sowohl Dr. Lassinger als auch der Vorsitzende, Dr. Eserth, wollen diese Stimmung der totalen Aufklärung wirken lassen! Der Angeklagte hat wieder Platz genommen, plötzlich beginnt er, sich mit beiden Händen abwechselnd über sein Gesicht zu streichen, so als wolle er mit diesen Bewegungen ein virtuelles, unangenehmes Bild verjagen! Da hat Dr. Lassinger plötzlich eine Idee:

„Hören Sie, Angeklagter, könnten Sie für uns alle vorliegenden Beweisstücke, im Speziellen Ihre zurückgelassenen Eichenblätter identifizieren?“

Ein Leuchten zieht über Schelkens Gesicht und er fragt mit hoffnungsvoller Stimme:

„Sie würden mir im Ernst gestatten, meine wunderbaren Werke nochmals zu sehen und sie erkennen zu dürfen?“

„Aber freilich, Angeklagter!“

Auf Dr. Lassingers Anordnung werden jetzt alle sechs Eichenblätter vor Schelkens auf die Holzbrüstung vor dem Zeugenstuhl aufgelegt. Dr. Lassinger aber achtet gezielt darauf, dass diese Schnitzarbeiten keinesfalls nach der Reihung der begangenen Morde aufgelegt werden!

„Nun, Angeklagter, sehen Sie sich bitte alle Eichenblätter an und identifizieren Sie diese für uns?"

Schelkens beugt sich leicht vor, betrachtet seine Werke kurz und beginnt, indem er auf das erste Blatt deutet:

„Sehen Sie doch. Hier, am Ende des Stängels: nur ein winziger, ein minimaler Fehler, aber, das darf einfach nicht passieren! Dieses Blatt habe ich für Lisbeth Holling verwendet!"

Verwendet sagt er! Verwendet! Wie einen Wachsstreifen, den man zum Unterzünden eines Ölofens verwendet! Brodelndes Gemurmel im Saal!

„Und dieses hier, sehen Sie doch genau hin: an der Nervatur ist mein Eisen einmal ganz, ganz kurz abgeglitten! Dieses Blatt, das…das…hatte ich für Karl-Heinz Hillmann vorgesehen!"

Wieder mittleres Geraune im Saal! Vorgesehen? Was soll das? Diese Morde waren allesamt doch nie geplant! Jetzt weist Schelkens auf das nächste Blatt, sein Gesicht überzieht ein leises Lächeln!

„Dieses? Ja, dieses, das hatten Sie mir heute schon gezeigt, meine Herren! Es gehörte Frau Brezovic! Und diesen kleinen Fehler an der Unterseite, naja, den kennen Sie ja bereits!"

Verständnisloses Kopfschütteln im Saal: der Mörder erkennt doch wirklich jedes einzelne Eichenblatt wieder!

„Und hier," referiert er und deutet auf das vierte Blatt „hier kann man sofort den falschen

Eisenansatz am Übergang vom Blatt zum Stängel erkennen! Naja, muss man nicht allzu ernst bewerten, oder? Das ist das Blatt für Herrn Klaus-Peter Riemann aus…Dortmund, wenn ich nicht irre?“

Niemand im Raum kann diese Verhaltensweise verstehen bzw. begreifen: mit welcher Kälte, mit welcher Abgehobenheit der Angeklagte seine Mord-Trophäen beschreibt: es ist einfach unfassbar!

Nun betrachtet Schelkens eingehend das vorletzte Eichenblatt:

„Bei diesem Werk, Herr Staatsanwalt, wurde das Messer an der rechten Kante des Blattes ein wenig zu steil angesetzt, das kann man als Fachmann sofort sehen! Dieses Blatt habe ich …dem Taxifahrer geschenkt!“

Allgemeines Kopfschütteln im Saal! Der Angeklagte dürfte überhaupt keine Reue hinsichtlich seiner Taten zeigen! Für ihn selbst sind das alles bewundernswerte Schnitzarbeiten, welche er irgendeinem von ihm zu Tode gebrachten Opfer zufällig überließ!

Aber, ohne jegliche Vorbereitung, ohne irgendwelche Ankündigung, ist eine spürbare Spannung im Saal entstanden: jeder einzelne Besucher wartet auf Schelkens Beschreibung des fünften Blattes! Dieser beugt sich nun leicht vor, um das am Ende der Reihe liegende Blatt genauer zu inspizieren! Jetzt meint er locker, seine Worte ans Auditorium gerichtet:

„Naja, meine Damen und Herren, also hier sehen Sie die absolute Perfektion in der Herstellung einer Holzschnitzarbeit: kein auch noch so winziger Schnitzer, kein Kratzer, nur seidenweich ausgeführte Schnitte! So fehlerlos, so unschuldig und so rein wie die beiden Mädchen auf der Kirmes, nicht? Ich habe hier…“

In dem Moment springt mit einem lauten Schrei aus der zweiten Reihe des Zuschauerraumes ein Mann auf, übersetzt rasch die Barriere zwischen Publikum und Gerichtsführung und ist mit ein paar großen Sprüngen beim Angeklagten!

„Du verdammtes Dreckschwein!“ brüllt er „Du gehörst ebenso erwürgt, wie du deine Opfer umgebracht hattest!“

Seine Hände fahren Schelkens an den Hals, er drückt mit irrsinniger Kraft zu und beutelt den Kopf des Angeklagten wie einen Spielball hin und her! Dabei hat er seine Zähne gefletscht und seine Augen treten ihm beinahe aus den Höhlen! Der Angeklagte ist derart überrascht, dass er überhaupt keine Gegenwehr zeigt! Aber schon sind die drei Securities bei dem Angreifer und nach einigen Sekunden liegt er fixiert unter ihnen auf dem Boden!

Die Beamten warten auf die Anordnung des Vorsitzenden. Dieser befiehlt ihnen, den Aggressor auf die Beine zu stellen und fragt ihn laut und vernehmlich:

„Wie heißen Sie, mein Herr?“

Der Angreifer hat sich beruhigt und antwortet mit gesenktem Kopf:

„Furtner, Euer Ehren, Georg Furtner!"

„Sehen Sie mich bitte an, Herr Furtner! Würden Sie uns den Grund mitteilen, weshalb Sie derart aggressiv auf den Angeklagten losgegangen waren?"

Furtner blickt kurz und mit sichtlichem Abscheu auf den Angeklagten und antwortet:

„Die beiden Mädchen Lea und Minnie waren die Kinder unserer Nachbarn, Euer Ehren! Sie waren doch so oft mit unserer kleinen Tochter zusammen zum Spielen! Dieser Teufel dort hat meinen Zorn derart zum Sieden gebracht, dass ich mich einfach nicht mehr kontrollieren konnte!"

„Wenn ich Sie jetzt nicht abführen lasse, Herr Furtner, versprechen Sie mir, dass Sie sich für den Rest dieses Prozesses ordentlich benehmen werden?"

„Aber natürlich, Euer Ehren! Ich entschuldige mich in aller Form! Ich werde mich ab sofort so benehmen, wie es sich gehört!"

Damit gibt der Richter den Securities mit einem Wink Bescheid und Furtner wird an seinen Platz zurückgeführt.

Das medizinische Urteil

Dr. Lassinger ist zurück zu seinem Tisch und hat wieder Platz genommen. Dr. Eserth fragt ihn, ob er noch Zeugen nennen wolle? Der Staatsanwalt hat sich zur totalen Absicherung seiner Anklage das Kreuzverhör das Psychiaters Dr. Hermann Lungbarth für den Show-down aufgehoben: hier wird ärztlich bestätigt werden, warum der Angeklagte diese Morde begangen hatte!

Dr. Lungbarth wird aufgerufen und nimmt im Zeugenstuhl Platz. Er ist von schmächtiger Gestalt, hat schütteres, nach hinten gekämmtes Haar und trägt Brillen mit starken Gläsern. Zur Überraschung aller aber spricht er mit tiefer, lauter Stimme, als Dr. Lassinger ihn um Angaben über seine Profession ersucht. Danach beginnt der Staatsanwalt:

„Nun, Herr Dr. Lungbarth, Sie hatten doch einige Sitzungen mit dem Angeklagten, Herrn Dieter Schelkens, stimmt das?"

Dr. Lungbarth nickt zustimmend. Er bejaht laut und für alle im Saal vernehmlich. Diese Aussage ist ja nicht seine erste in einem Prozess und er kennt die Anforderungen der Anwälte!

„Wie Sie wissen," fährt Dr. Lassinger fort „werden dem Angeklagten mehrere Morde zur Last gelegt. Konnten Sie im Zusammenhang mit diesen Verbrechen vom Angeklagten richtungsweisende Aussagen erhalten?"

Dr. Lungbarth richtet sich ein wenig zurecht, räuspert sich kurz und beginnt:

„Die Schizophrenie weist ein vielgestaltiges Erscheinungsbild auf und gehört zu den sogenannten endogenen Psychosen. Dabei handelt es sich um Krankheitsbilder, die unter anderem mit Realitätsverlust sowie mit Störungen des Denkens und der Gefühlswelt einhergehen und aus einer Vielzahl von inneren Faktoren heraus entstehen. Wenn es das Hohe Gericht gestattet, mache ich es kurz und für alle verständlich: Herr Dieter Schelkens leidet an einer schweren Identitäts-Störung. Und daher kann er sich an seine Taten, welche er im Zustand gespaltener Persönlichkeit begangen hatte, auch nicht erinnern!"

Dr. Lassinger geht nickend, mit anerkennender Miene und mit am Rücken verschränkten Händen einige Schritte vor dem Zeugenstand auf und ab, dann bleibt er vor Dr. Lungbarth stehen, breitet theatralisch die Arme aus und fragt:

„Können Sie dies uns allen, Herr Dr. Lungbarth, vielleicht auch noch in anderen Worten erklären?"

Der Zeuge hat seinen Kopf gesenkt und blickt wie abwesend auf ein imaginäres Ziel vor sich hin. Nach einigen Sekunden hebt er den Kopf, rückt seine Brille zurecht, holt tief Atem und doziert:

„Die Persönlichkeit des Angeklagten wohnt in zwei Räumen: wechselt er von einem Raum in den anderen, so schließt sich die Türe hinter ihm und er lebt in einer anderen Welt. Kommt er durch diese Türe wieder zurück in den Raum, aus dem er zuvor gekommen war, so schließt sich die Türe ebenso und er weiß absolut nichts mehr von dem, was in dem anderen Raum passiert war!" Jetzt hebt er kurz die Arme, dreht seine Handflächen zur Decke und schließt seinen Vortrag mit den Worten: „Aber als gegeben dürfen wir annehmen, dass Herr Dieter Schelkens mit jedem seiner Opfer diesen Willy Hauptmann erneut tötete! Können Sie damit etwas anfangen?"

Es ist mucksmäuschenstill im Saal, Dr. Lassinger badet in dieser für ihn so wichtigen Aussage des Spezialisten! Er bedankt sich und entlässt den Zeugen! Der Vorsitzende fragt ihn, ob er noch Zeugen befragen möchte? Dr. Lassinger gibt bekannt, dass es für die Staatsanwaltschaft in diesem Fall keine weitere Beweisführung mehr braucht und er erklärt seine Befragungen für beendet.

Das juristische Urteil

Jetzt beginnt der Vorsitzende mit der Belehrung der Geschworenen. Danach wird die Verhandlung unterbrochen, der Angeklagte zurück in den Sicherheitsraum geführt und Journalisten aus aller Welt haben sich bereits draußen im Gang postiert!

Die Geschworenen benötigen keine zwei Stunden, um zu einem einstimmigen Urteil zu kommen: Schuldig im Sinne der Anklage! Die Verhandlung wird beendet und die Urteilsverkündung für Montag nächster Woche festgelegt.

Wie zu erwarten, wird Dieter Schelkens schuldig gesprochen Er erhält eine lebenslange Freiheitsstrafe und wird in eine Anstalt für geistig abnorme Rechtsbrecher eingewiesen. Eine vorzeitige Entlassung ist nicht möglich. Dieter Schelkens alias Willy Hauptmann wird keine Gefahr mehr für die Bevölkerung darstellen!

****

Sechs Monate nach seiner Einweisung erwürgte Dieter Schelkens einen Zellengenossen, der ihm laufend Paranoia vorgeworfen hatte. Er kam in Einzelhaft, wo er sich zwei Jahre nach dem Prozess mittels eines heimlich gefertigten Strickes aus kunstvoll zusammengedrehten Bettlaken-Streifen selbst richtete...

www.ingramcontent.com/pod-product-compliance
Lightning Source LLC
Chambersburg PA
CBHW051954150726